M. DELLY

ENTRE DEUX AMES

I

Les membres du Jockey-Club venaient de fêter, ce soir, la toute récente élection à l'Académie du marquis de Ghiliac, l'auteur célèbre de délicates études historiques et de romans psychologiques dont la haute valeur littéraire n'était pas contestable. Dans un des salons luxueux, un groupe, composé de ce que le cercle comptait de plus aristocratique, entourait le nouvel immortel pour prendre congé de lui, car la nuit s'avançait et seuls les joueurs acharnés allaient s'attarder encore.

De tous les hommes qui étaient là, aucun ne pouvait se vanter d'égaler quelque peu l'être d'harmonieuse beauté et de suprême élégance qu'était Elie de Ghiliac. Ce visage aux lignes superbes et viriles, au teint légèrement mat, à la bouche fine et railleuse, cette chevelure brune aux larges boucles naturelles, ces yeux d'un bleu sombre, dont la beauté était aussi célèbre que les oeuvres de M. de Ghiliac, et la haute taille svelte, et tout cet ensemble de grâce souple, de courtoisie hautaine, de distinction patricienne faisaient de cet homme de trente ans un être d'incomparable séduction.

Cette séduction s'exerçait visiblement sur tous ceux qui l'entouraient en ce moment, échangeant avec lui des poignées de main, ripostant, les uns spirituellement, les autres platement, à ses mots étincelants, qui étaient de l'esprit français le plus fin, le plus exquis, — un vrai régal! ainsi que le disait une fois de plus un de ses parents, le comte d'Essil, homme d'un certain âge, à mine spirituelle et fine, en se penchant à l'oreille d'un jeune Russe, ami intime de M. de Ghiliac.

Le prince Sterkine approuva d'un geste enthousiaste, en dirigeant ses yeux bleus, clairs et francs, vers cet ami qu'il admirait aveuglément.

A ce moment, M. de Ghiliac, ayant satisfait à ses devoirs de politesse, s'avançait vers M. d'Essil:

— Avez-vous une voiture, mon cousin?

A tous les dons reçus du ciel, il joignait encore une voix chaude, aux inflexions singulièrement charmeuses, et dont il savait faire jouer toutes les notes avec une incomparable souplesse.

— Oui, mon cher, un taxi m'attend.

— Ne préférez-vous pas que vous mette chez vous en passant?

— J'accepte avec plaisir, d'autant plus que j'apprécie fort vos automobiles.

— Venez donc en user ce soir… A demain, Michel? Je t'attendrai à deux heures.

— Entendu. Bonsoir, Elie. Mes hommages à Mme d'Essil, monsieur.

Le jeune Slave serra la main du comte et de M. de Ghiliac, qui s'éloignèrent et sortirent des salons.

Au dehors, un landaulet électrique, petite merveille de luxe sobre, attendait le marquis de Ghiliac. Il y monta avec son parent, jeta au valet de pied l'adresse de M. d'Essil, puis, s'enfonçant dans les coussins soyeux, murmura d'un ton d'ironique impatience:

— Quelle stupide corvée!

M. d'Essil lui frappa sur l'épaule.

— Blasé sur les compliments, sur l'encens, sur les adorations! Ah! quel homme!

M. de Ghiliac eut un éclat de rire bref.

— Blasé sur tout! Mais, si vous le voulez bien, parlons de choses sérieuses, mon cher cousin. Puisque nous sommes seuls, je vais vous demander un renseignement… Je ne sais si je vous ai dit que je songeais à me remarier?

— Non, mais j'ai appris indirectement que la duchesse de Versanges se montrait fort désolée, parce que vous évinciez impitoyablement ses candidates, choisies, cependant, parmi ce que notre aristocratie compte de meilleur, sous tous les rapports.

— Parfaites! Mais j'ai mon idéal, que voulez-vous!

M. d'Essil jeta un regard surpris sur le beau visage où les prunelles sombres étincelaient d'ironie ensorcelante.

— Vous avez un idéal, Elie?

Le marquis laissa échapper un petit rire railleur.

— De quel ton vous me dites cela! J'ai l'air de vous étonner prodigieusement et je soupçonne que vous me croyez incapable d'entretenir dans mon esprit de sceptique la petite flamme bleue d'un idéal quelconque. Mais le mot est impropre en la circonstance, je le reconnais, car il s'agit simplement d'un mariage de raison.

— Et vous avez choisi?…

— Personne encore, cher cousin. Je n'ai pas trouvé mon… comment dire?… Mon rêve?… Non, c'est trop éthéré encore… Mon type? C'est vulgaire… Enfin, ce que je cherche.

— Sapristi! vous êtes difficile, mon cher! Toutes les femmes sont à vos pieds et vous savez d'avance que l'heureuse élue sera l'objet de jalousies féroces.

— On n'aura pas grand sujet de jalouser celle qui deviendra ma femme, riposta tranquillement Elie.

M. d'Essil le regarda d'un air légèrement effaré.

— Pourquoi donc, mon ami?

Elie eut de nouveau ce petit rire railleur qui lui était habituel.

— Eh! n'allez pas me croire des intentions de Barbe-Bleue!... Bien qu'on ait raconté d'assez jolies choses en ce genre à propos de Fernande, ajouta-t-il avec un léger mouvement d'épaules. J'ai laissé dire, tellement c'était stupide. Aujourd'hui j'imagine qu'on n'en parle plus... Pour en revenir à la future marquise Elie de Ghiliac, j'ai voulu simplement émettre cette idée qu'aucune de ces dames ne serait peut-être très aise de mener l'existence sérieuse, retirée, que je destine à ma seconde femme.

La mine stupéfaite de M. d'Essil devait être amusante à voir, car son cousin ne put s'empêcher de rire, — d'un rire très jeune, très franc, sans aucun mélange d'ironie cette fois, et qui était fort rare chez lui.

— Vous voulez vous retirer, Elie?

— Mais non, pas moi! Je vous parle de ma femme. Allons, je vais m'expliquer...

Il s'enfonça un peu dans les coussins, d'un mouvement nonchalant. Sous la douce lueur de la petite lampe électrique voilée de jaune pâle, M. d'Essil voyait étinceler ses yeux profonds, que les cils voilaient d'ombre.

— ... Je n'ai pas à vous apprendre que mon premier mariage fut une erreur. Jamais deux caractères ne furent moins faits pour s'entendre que celui de Fernande et le mien. Nous en avons souffert tous deux... et je me suis promis de ne jamais recommencer une expérience de ce genre. J'entends rester libre. Et cependant je souhaite me remarier, afin d'avoir un héritier de mon nom, car je suis le dernier de ma race. Ceci est la question principale. En outre, je ne serais pas fâché de donner une mère à la petite Guillemette, dont la santé, paraît-il, laisse fort à désirer, et dont les institutrices et gouvernantes procurent tant d'ennuis à ma mère, par suite de leur continuel changement.

— Alors, Elie?

— Alors, cher cousin, voici: je veux une jeune personne sérieuse, aimant les enfants, détestant le monde, heureuse de vivre toute l'année à Arnelles, et se contentant de me voir de temps à autre, sans se croire le droit de jamais rien exiger de moi. Je ne veux pas de frivolité, pas de goûts intellectuels ou artistiques trop prononcés. Il me faut une femme sérieuse, d'intelligence moyenne, mais de bon sens — et pas sentimentale, surtout! Oh! les femmes sentimentales, les romanesques, les exaltées! Et les pleurs, les crises nerveuses, les scènes de jalousie! ces scènes exaspérantes dont me gratifiait cette pauvre Fernande chaque fois qu'une idée lui passait par la tête!

Sa voix prenait des intonations presque dures, et une lueur d'irritation parut, pendant quelques secondes, dans son regard.

— Mais, mon cher ami, il y a tout à parier que n'importe quelle femme, si sérieuse qu'elle soit, sera éprise — et profondément éprise — d'un mari tel que vous, objecta en souriant M. d'Essil. C'est inévitable, voyez-vous.

— J'espère, si elle est telle que je le souhaite, lui faire comprendre l'inutilité et le danger d'un sentiment de cette sorte, s'adressant à moi qui serai à jamais incapable de le partager, répliqua M. de Ghiliac. Une femme raisonnable et non romanesque saisira aussitôt ce que j'attends d'elle, et pourra trouver encore quelque satisfaction dans une union de ce genre. Maintenant, venons au renseignement que je voulais vous demander: ne voyez-vous pas, parmi votre parenté et vos nombreuses connaissances de province, quelqu'un répondant à mes desiderata?

— Hum! avec des conditions pareilles, ce sera diablement difficile! Savez-vous, mon cher, qu'il faudrait une femme d'une raison presque surhumaine pour accepter de vivre en marge de l'existence mondaine de son mari, de se voir reléguée toute l'année à Arnelles, alors qu'elle pourrait être une des femmes les plus enviées de la terre, et goûter à tous les plaisirs que procure une fortune telle que la vôtre?

— J'en conviens, et au fond, je désespère presque de la découvrir. Cependant, un hasard!... Une jeune fille très pieuse, peut-être?

— Une jeune fille pieuse hésitera à épouser un indifférent comme vous, Elie.

— C'est possible. Cependant, j'oubliais de vous dire que je tiens essentiellement à ce point-là. Une forte piété, chez une femme, est la meilleure des sauvegardes, et la première garantie pour son mari.

— Mais vous n'admettez pas qu'elle puisse exiger la réciprocité?... dit le comte avec un léger sourire narquois. Cependant, il arrive généralement qu'une jeune personne très chrétienne

2

tient à trouver les mêmes sentiments chez son époux. Ce sera donc là encore une difficulté de plus.

— Ah! vous allez me décourager! dit M. de Ghiliac d'un ton mi-plaisant, mi-sérieux, en saisissant entre ses doigts la fleur rare qui, détachée de sa boutonnière, venait de glisser sur ses genoux. Voyons, cherchez bien dans vos souvenirs. Ma cousine et vous avez là-bas, en Franche-Comté, en Bretagne, aux quatre coins de la France, quantité de jeunes parents, de jeunes amies…

— Oui, mais aucune ne me paraît apte à réaliser vos voeux. Un homme tel que vous ne peut vouloir d'une petite oie comme Henriette d'Erqui…

— Non, pas d'oie, mon cousin…

— Odette de Kérigny est un laideron…

— Ce n'est pas mon affaire.

— Tenez-vous à une beauté?

— Mais je n'en veux pas, au contraire! Une jolie femme est presque nécessairement coquette, elle voudrait devenir mondaine… Non, non, pas de ça! Une jeune personne qui ne soit pas à faire peur, distinguée surtout, — j'y tiens essentiellement, — bien élevée et de caractère égal, docile…

— Mon cher ami, vous êtes d'une exigence!… Voyons… voyons…

M. d'Essil appuyait son front sur sa main, comme s'il tentait d'en faire sortir une idée, un souvenir. Elie, dans une de ses mains dégantées, froissait la fleur couleur de soufre. Une tiédeur exquise régnait dans cet intérieur capitonné, où flottait un parfum étrange, subtil et enivrant, qui imprégnait tous les objets à l'usage personnel de M. de Ghiliac.

M. d'Essil redressa tout à coup la tête.

— Attendez!… peut-être… Vous serait-il indifférent d'épouser une jeune fille pauvre, mais ce qui s'appelle complètement pauvre, à tel point que vous auriez à votre charge sa famille — père, mère, et six frères et soeurs plus jeunes?

— La question d'argent n'existe pas pour moi. Mais toute cette famille serait bien encombrante.

— Pas trop, probablement, car Mme de Noclare, toujours malade, ne quitte jamais le Jura, où ils vivent tous dans leur castel des Hauts-Sapins, à mi-montagne, là-bas, aux environs de Pontarlier. Valderez, la fille aînée, est la filleule de ma femme…

— Valderez?… C'est Mme d'Essil qui lui a donné ce nom?

— Oui, c'est un des prénoms de Gilberte, une Comtoise, comme vous le savez. Il ne vous plaît pas?

— Mais si. Continuez, je vous prie.

— Cette enfant s'est vue obligée, toute jeune, de remplacer sa mère malade, de la soigner, de s'occuper de ses frères et soeurs, de conduire la maison avec des ressources qui se faisaient de plus en plus minimes, car le père, une cervelle vide, a perdu sa fortune, assez gentille à l'époque de son mariage, dans le jeu et les plaisirs. Maintenant, il mène aux Hauts-Sapins une existence nécessiteuse, sans avoir l'énergie de chercher une position qui puisse enrayer sa course vers la misère noire. Il est aigri, acariâtre, et je soupçonne la pauvre Valderez de n'être rien moins qu'heureuse chez elle, entre ce père toujours murmurant et cette mère affaiblie de corps et de volonté, avec le souci constant du lendemain et les mille soins de ménage qui retombent sur elle. J'imagine, mon cher, qu'on vous considérerait là comme un sauveur.

— Comment est cette jeune fille?

— Voilà trois ans que nous ne l'avons vue. C'était à cette époque une grande fillette de quinze ans, ni bien ni mal, les traits non formés, un peu gauche et mal faite encore, mais très distinguée cependant. Des cheveux superbes, de délicieuses petites dents et des yeux extrêmement beaux. Avec cela, très sérieuse, dévouée d'une manière admirable à tous les siens, très pieuse, très timide, ignorant tout du monde, mais intelligente et suffisamment instruite.

— Eh! mais, voilà mon affaire! J'avais comme l'intuition que je découvrirais quelque chose chez vous. La famille est de bonne noblesse?

— Vieille noblesse comtoise, pure de mésalliances.

M. de Ghiliac demeura un instant silencieux, les yeux songeurs, en pétrissant entre ses doigts la fleur méconnaissable.

— D'après ce que vous me dites, elle n'aurait que dix-huit ans, reprit-il. C'est un peu jeune.

— Elle serait plus malléable.

— C'est vrai. Et si elle est sérieuse, après tout!… Habituée à vivre à la campagne, dans une quasi pauvreté, Arnelles devra lui paraître un Eden.

— Evidemment. Et je ne me la figure pas du tout romanesque. Il est vrai qu'avec les jeunes filles, on ne sait jamais… Mon cher Elie, puis-je vous demander d'avoir égard à une de mes petites faiblesses en cessant de massacrer cette pauvre fleur?

3

— Pardon, mon cousin, j'avais oublié…

Abaissant la vitre, il lança au dehors les pétales écrasés. Puis il se tourna vers M. d'Essil.

— Voilà ce qui s'appelle aimer les fleurs! Quant à moi, ces produits de serre, ces créations compliquées me laissent insensible. Après avoir quelque temps réjoui mes yeux de leur beauté, je les détruis sans pitié. La vraie fleur, pour moi, celle que je n'ai jamais touchée que pour en admirer la simplicité harmonieuse, c'est l'humble fleur des champs et des bois.

M. d'Essil écarquilla des yeux stupéfaits, ce qui eut pour effet d'exciter de nouveau la gaieté un peu railleuse de M. de Ghiliac.

— Juste ciel! mon pauvre cousin, je crois que je vous révèle ce soir des horizons insoupçonnés! Elie de Ghiliac devenu lyrique et sentimental! Vous n'en revenez pas… et moi non plus, du reste. Voyons, soyons sérieux. Nous parlions, non pas d'une fleur, mais de Mlle de Noclare — ce qui est tout un peut-être?

— Une fleur des champs, Elie.

La bouche railleuse eut un demi-sourire.

— En ce cas, soyez tranquille, nous la traiterons comme telle. Mais me serait-il possible de voir sa photographie?

— Ma femme en a une, datant malheureusement de trois ans. Je vous l'enverrai demain.

— Avec l'adresse exacte, je vous prie. Du moment où je suis décidé à me remarier, je veux en finir le plus tôt possible avec cet ennui. Donc, si la physionomie me plaît à peu près, d'après la photographie, je pars pour le Jura afin de voir cette jeune personne. Mais il me faudrait un prétexte, pour me présenter à M. de Noclare de votre part.

— Je vous remettrai un mot pour lui en donnant comme motif à votre voyage le désir de consulter de vieilles chroniques qu'il possède et dont je vous ai parlé.

— En vue d'un prochain ouvrage. C'est cela. J'espère qu'il aura au moins l'idée de me montrer sa fille?

— Pour plus de sûreté, ma femme pourra vous donner une commission, un petit objet quelconque, que vous serez chargé de remettre à Mlle de Noclare.

M. de Ghiliac eut un geste approbatif.

— Très bien… Cette jeune fille a une bonne santé?

— Excellente. Il n'y a pas de maladie héréditaire dans la famille, je puis vous l'assurer.

— C'est un point sur lequel je n'aurais pu passer. Décidément, je trouverai peut-être là mon affaire.

Le silence tomba de nouveau entre eux. M. de Ghiliac jouait négligemment avec son gant. Du coin de l'oeil, son parent le regardait, l'air perplexe et curieux.

— Alors, pas d'idéal, Elie? dit tout à coup M. d'Essil en se penchant vers lui.

Les paupières qu'Elie tenait un peu abaissées se soulevèrent, les yeux foncés étincelèrent, et M. d'Essil, stupéfait une fois de plus, y vit passer une flamme qui parut éclairer soudainement tout le beau visage devenu très grave.

— J'en ai tout au moins un: la patrie! dit M. de Ghiliac d'un ton calme et vibrant.

Décidément le pauvre M. d'Essil tombait aujourd'hui d'étonnement en étonnement. C'était du reste la coutume de l'insaisissable énigme qu'était Elie de Ghiliac d'interloquer les gens par les sautes étranges — apparentes ou réelles — de ses idées.

— Ah! Très bien! Très bien! fit le comte, cherchant à reprendre ses esprits. C'est un très noble idéal, cela, un des plus nobles… Et vous en avez peut-être d'autres?

— Peut-être! Qui sait! Tout arrive!

Subitement, le sceptique reparaissait, le regard redevenait ironique et impénétrable.

L'automobile s'arrêtait à ce moment devant la demeure de M. d'Essil. Celui-ci prit congé de son jeune parent, et, d'un pas encore alerte, gagna le troisième étage, où se trouvait son appartement.

En entrant chez lui, il vit, par une porte entr'ouverte, passer un rais de lumière. Il s'avança et pénétra dans la chambre de sa femme. Mme d'Essil était couchée et lisait. A l'entrée de son mari, elle tourna vers lui son visage froid et distingué, dont un sourire vint adoucir l'expression.

— Vous ne dormez pas encore, Gilberte? dit M. d'Essil en s'approchant.

— Impossible de trouver le sommeil, mon ami. Vous avez passé une bonne soirée?

— Excellente. Elie était particulièrement en verve, ce soir, vous imaginez ce qu'a été sa conversation. Quel être extraordinaire! Tout à l'heure, en venant jusqu'ici, — car il m'a ramené fort aimablement dans sa voiture, — il m'a complètement abasourdi.

— Racontez-moi cela, si vous n'êtes pas trop pressé de gagner votre lit.

— Mais pas du tout! assura M. d'Essil en s'installant dans un confortable fauteuil au pied du lit. Ah! vous ne devineriez jamais ce que je viens vous apprendre! Peut-être votre filleule, Valderez de Noclare, est-elle sur le point de faire un mariage inouï, merveilleux!

Mme d'Essil le regarda d'un air profondément étonné.

4

— Pourquoi me parlez-vous ainsi, à brûle-pourpoint, de Valderez, quand il est question d'Elie de Ghiliac?

Le comte se frotta les mains en riant malicieusement.

— Vous ne comprenez pas? C'est bien simple, pourtant! Elie cherche une seconde femme, et je lui ai indiqué Valderez.

Mme d'Essil laissa échapper un geste de stupéfaction.

— Vous êtes fou, Jacques! Que signifie cette plaisanterie?

— Une plaisanterie? Aucunement! A preuve que j'ai mission de lui envoyer demain la photographie de votre filleule.

Et M. d'Essil, là-dessus, raconta à sa femme sa conversation avec Elie.

Quand il eut fini, elle secoua la tête.

— Ce serait, en effet, un sort magnifique pour cette enfant... Mais serait-elle heureuse dans une union de ce genre? Elie est une nature si étrange, si inquiétante!

— Aucune critique sérieuse n'a jamais pu être faite sur sa vie privée, il faut le reconnaître, Gilberte.

— C'est incontestable, et nous devons le dire bien vite à son honneur. Mais son premier mariage n'en a pas moins été fort malheureux.

— Fernande était une si pauvre tête, une poupée vaine et frivole! Ses exaltations sentimentales, sa jalousie, sa prétention de s'immiscer dans les travaux de son mari devaient nécessairement exaspérer un homme tel que lui, qui est l'indépendance et — il faut bien l'avouer — l'égoïsme personnifiés.

— L'égoïsme, oui, vous dites bien. Et sa conduite envers sa fille, dont il ne s'occupe pas et qu'il connaît à peine? Et son scepticisme, ses habitues ultra-mondaines, son sybaritisme? Et, surtout, ce qu'on ne connaît pas de lui, ce qu'il cache derrière le charme ensorcelant de son regard, de son sourire, de sa voix?... Puis, dites-moi, Jacques, croyez-vous qu'il soit bien agréable pour une femme de voir son mari objet des continuelles adulations d'une cour féminine enthousiaste?... Surtout quand elle-même n'aurait près de lui que le rôle effacé destiné par Elie à sa seconde femme?

— Evidemment... évidemment. Je ne dis pas que tout serait parfait dans ce mariage; mais pensez-vous, Gilberte, que cette pauvre petite soit heureuse chez elle, surtout avec cette constante préoccupation de la pauvreté? Son union avec Elie ramènerait l'aisance parmi les siens. Et elle vivrait tranquille dans cet admirable château d'Arnelles, avec une tâche d'affection et de charité près d'une enfant sans mère; elle porterait un des plus beaux noms de France, jouirait du luxe raffiné dont sait si bien s'entourer Elie...

Mme d'Essil l'interrompit d'un hochement de tête.

— Si elle est restée telle qu'autrefois, ce n'est pas une nature à trouver des compensations dans des avantages de ce genre. La perspective de servir de mère à Guillemette serait probablement plus tentante pour elle, si maternelle et si dévouée près de ses frères et sœurs.

— Enfin, que pensez-vous, Gilberte?...

La comtesse réfléchit un instant, en passant ses longs doigts fins sur son front.

— C'est excessivement embarrassant! Je vous l'avoue, mon ami, Elie me paraît un peu effrayant comme mari.

M. d'Essil se mit à rire.

— Allez donc dire cela à ses innombrables admiratrices! Ah! il est évident qu'il sera toujours le maître, car il s'entend à se faire obéir! Mais il est très gentilhomme, et je suis persuadé qu'une femme sérieuse et bonne n'aura jamais à souffrir de son caractère, très orgueilleux, très autoritaire, mais loyal et généreux.

— Et fantasque, et... inconnu, au fond, avouez-le, Jacques. Si j'avais une fille, la lui donnerais-je en mariage? Ce serait, en tout cas, en tremblant beaucoup.

— Hum! moi aussi! Et pourtant, j'ai l'intuition que chez lui la valeur morale est beaucoup plus grande que ne le font croire les apparences. Vous doutiez-vous, par exemple, qu'il fût un patriote ardent?

— Pas du tout, je le croyais plutôt tiède sous ce rapport.

— Eh bien! il vient de se révéler ainsi à moi tout à l'heure. Il se pourrait donc qu'il recelât d'autres surprises agréables. Mais enfin, que décidez-vous pour Valderez?

— Nous n'avons pas de raisons absolument sérieuses pour ne pas prêter les mains à ce projet, Jacques. Il y a beaucoup de contre, c'est vrai, mais beaucoup de pour aussi. Cette enfant sera impossible à marier dans sa lamentable situation de fortune. Puis, un jour ou l'autre, ils n'auront peut-être même plus de pain. Dans de tels cas, des sacrifices s'imposent devant une solution aussi inespérée que le serait une demande en mariage du marquis de Ghiliac. Si Valderez est romanesque, si elle a fait même seulement quelques-uns des rêves habituels aux jeunes filles, il est à craindre qu'elle souffre près d'Elie; mais il est bien possible qu'elle n'ait jamais pris le temps

5

de rêver, pauvre petite! et qu'elle accepte bien simplement ce mariage de raison, cette existence sacrifiée, et la courtoise indifférence de son mari. En ce cas elle pourra trouver des satisfactions dans cette union, — quand ce ne serait que de voir les siens à l'abri de la gêne pour toujours, car Elie se montrera royalement généreux, c'est dans ses habitudes… Par exemple, une chose sera probablement fort désagréable à Valderez: c'est l'indifférence religieuse de M. de Ghiliac.

— Il s'est toujours révélé, dans ses écrits et dans ses paroles, très respectueux des croyances d'autrui, et il est bien certain que sa femme restera libre de pratiquer sa religion comme bon lui semblera.

— Oui, mais une jeune fille pieuse comme Valderez souhaite naturellement mieux que cela. Enfin, si Elie se décide de ce côté, les Noclare nous demanderont certainement des renseignements à son sujet, et nous dirons tout, le pour et le contre. A eux de décider.

— Oui, c'est la seule solution possible. J'imagine, par exemple, que la belle-mère ne sera pas cette fois jalouse de cette jeune marquise-là, comme elle l'était de Fernande, qui était assez jolie, si mondaine, et s'habillait admirablement, — tous défauts impardonnables aux yeux de la très belle et toujours jeune douairière.

— Elle n'aura guère de raisons de l'être, en effet, si Elie persiste dans la ligne de conduite qu'il vous a révélée. Du moment où sa bru ne risquera pas de l'éclipser tant soit peu et ne sera pas aimée du fils qu'elle idolâtre, elle ne lui portera pas ombrage.

— Alors, nous enverrons la photographie demain? Et maintenant, bonsoir, mon amie. Il est terriblement tard. Tâchez de vous endormir enfin.

Il baisa le front très haut où quelques rides s'entrelaçaient et fit deux pas vers la porte. Puis, se retournant tout à coup:

— C'est égal, Gilberte, je crois qu'Elie entretient une utopie en pensant pouvoir persuader à sa femme de n'avoir pour lui qu'un attachement modéré.

— Je le crains. Et c'est ce qui m'effraye pour Valderez. D'autre part, ce mariage serait pour eux une chance tellement inouïe, invraisemblable!… Ah! je ne sais plus, tenez, Jacques! Votre extraordinaire cousin me met la tête à l'envers et je suis bien sûre de ne pouvoir fermer l'oeil un instant. Envoyez la photographie… et je ne sais trop ce que je souhaite: qu'elle lui plaise ou lui déplaise.

II

M. de Ghiliac, d'un geste qui n'avait rien d'empressé, prit sur le plateau qu'un domestique lui présentait l'enveloppe sur laquelle il avait, d'un coup d'oeil, reconnu l'écriture du comte d'Essil, et la décacheta négligemment.

Il se trouvait dans son cabinet de travail, pièce immense, où tout était du plus pur style Louis XV, où tout parlait aussi des goûts de luxe raffiné, d'élégance délicate du maître de ces lieux. Aucune demeure dans Paris ne pouvait rivaliser sous ce rapport avec l'hôtel de Ghiliac, l'antique et opulent logis des ancêtres d'Elie, que celui-ci avait su transformer selon les exigences modernes sans rien lui enlever de son noble cachet. Un parent de son père, grand seigneur autrichien, lui avait légué naguère toute sa fortune, c'est-à-dire quelques millions de revenus, de telle sorte qu'Elie, déjà fort riche auparavant, pouvait réaliser ses plus coûteux caprices, — ce dont il ne se privait nullement.

Nature étrange et infiniment déconcertante que celle-là, ainsi que le déclaraient si bien M. d'Essil et sa femme! Ses meilleurs amis, que subjuguaient la séduction de sa personne et la supériorité de son intelligence, ses soeurs, sa mère elle-même, à laquelle il témoignait une déférence aimable et froide, le considéraient comme une indéchiffrable énigme. On trouvait chez lui les contrastes les plus surprenants. C'est ainsi, par exemple, que cet homme donnait le ton à la mode masculine et voyait le moindre détail de sa tenue avidement copié par la jeunesse élégante, ce sybarite qui s'entourait de raffinements inouïs, avait fait deux ans auparavant un périlleux voyage à travers une partie presque inconnue de la Chine, et de tous ses compagnons, hommes rompus cependant à ce genre d'expéditions, s'était montré le plus énergique, le plus entraînant, le plus infatigable au milieu de dangers et de privations de toutes sortes. C'est ainsi qu'hier encore le mondain sceptique avait laissé entrevoir, aux yeux étonnés de M. d'Essil, un patriote convaincu.

Les femmes l'entouraient d'admirations passionnées, auxquelles, jusqu'ici, il était demeuré insensible. Il se laissait adorer avec une ironique indifférence, en s'amusant seulement parfois à exciter, par une attention éphémère, des jalousies féminines. De temps à autre, il engageait un flirt, qui ne durait jamais plus d'une saison. Ses amis savaient alors que le romancier avait découvert un type curieux à étudier et qu'ils le retrouveraient, disséqué avec une incomparable maîtrise, dans son prochain roman. Ironiste très fin et très mordant, il dévoilait d'un mot, dans ses paroles ou dans ses écrits, toutes les faiblesses, tous les ridicules, et ses railleries acérées, qui s'enveloppaient de formes exquises lorsqu'elles s'adressaient aux femmes, étaient redoutées de tous, car elles désemparaient les gens les plus sûrs d'eux-mêmes.

Telle était cette personnalité singulière que Mme d'Essil avait raison de trouver fort inquiétante.

En ce moment, M. de Ghiliac considérait avec attention la photographie qu'il venait de tirer de l'enveloppe. Comme l'avait dit M. d'Essil, elle représentait une fillette d'une quinzaine d'années, trop maigre, aux traits indécis, aux yeux superbes et sérieux. Une épaisse chevelure couronnait ce jeune front où le souci semblait avoir mis déjà son empreinte.

— Une photographie ne signifie rien, surtout si mauvaise que celle-ci, murmura M. de Ghiliac. Là-dessus, la physionomie ne me déplaît pas. Les yeux sont beaux, et dans un visage c'est le principal. J'irai un de ces jours là-bas, et nous verrons.

Il donna une caresse distraite à Odin, son grand lévrier fauve, qui s'approchait et posait timidement son long museau sur ses genoux. Le négrillon accroupi à ses pieds lança au chien un regard jaloux. Benaki avait été ramené d'Afrique par M. de Ghiliac, qui l'avait acheté à un marché d'esclaves, et partageait avec Odin les faveurs de ce maître impérieux et fantasque, bon cependant, mais qui ne semblait pas considérer l'enfant autrement que comme un petit animal gentil et drôle, dont il daignait s'amuser parfois, et qui mettait une note originale dans l'opulent décor de son cabinet.

Un domestique apparut, annonçant:

— Mme la baronne de Brayles demande si monsieur le marquis veut bien la recevoir.

— Faites entrer! dit brièvement M. de Ghiliac.

Il posa la photographie sur son bureau et se leva en repoussant du pied Benaki, ainsi qu'il eût fait d'Odin. Le négrillon se réfugia dans un coin de la pièce, tandis que son maître, d'un pas nonchalant, s'avançait vers la visiteuse.

C'était une jeune femme blonde, petite et mince, d'une extrême et très parisienne élégance. Ses yeux à la nuance changeante, bleus ou verts, on ne savait, brillèrent soudainement en se fixant sur M. de Ghiliac, tandis qu'elle lui tendait la main avec un empressement qui ne paraissait pas exister chez lui.

— J'avais tellement peur que vous ne soyez déjà sorti! Et je tenais tant cependant à vous voir aujourd'hui! J'ai une grande, grande faveur à vous demander, Elie.

Roberte de Grandis avait été l'amie d'enfance de la sœur aînée de M. de Ghiliac et de sa première femme. Il existait même un lien de parenté éloigné entre sa famille maternelle et les Ghiliac. De deux ans seulement moins âgée qu'Elie, elle avait, enfant, joué fort souvent avec lui. Adolescents, ils montaient à cheval ensemble, pratiquaient tous les sports dont était amateur M. de Ghiliac. Celui-ci trouvait en Roberte l'admiratrice la plus fervente; il n'ignorait pas la passion dont, déjà, il était l'objet. Mais jamais il ne parut s'en apercevoir. Lorsque, à vingt-deux ans, il épousa la fille aînée du duc de Mothécourt, Roberte crut mourir de désespoir. Elle céda peu après aux instances de ses parents en acceptant la demande du baron de Brayles, qu'elle ne chercha jamais à aimer et qui la laissa veuve et à peu près ruinée trois ans plus tard.

L'année suivante, Elie perdait sa femme. L'espoir, de nouveau, était permis. La passion n'avait fait que grandir dans l'âme de Roberte. Elle cherchait toutes les occasions de rencontrer M. de Ghiliac, elle multipliait près de lui les flatteries discrètes, les mines coquettes et humbles à la fois qu'elle pensait devoir plaire à un orgueil masculin de cette trempe. Peine perdue! Elie restait inaccessible, il ne se départait jamais de cette courtoisie un peu railleuse, un peu dédaigneuse — un peu impertinente, prétendaient les plus susceptibles — qu'il témoignait généralement à toutes les femmes, en y joignant seulement, pour elle, une nuance de familiarité qu'autorisait leur amitié d'enfance.

— Une faveur? Et laquelle donc, je vous prie? dit-il tout en désignant un fauteuil à la jeune femme, en face de lui.

Elle s'assit avec un frou-frou soyeux, en rejetant en arrière son étole de fourrure. Puis son regard admirateur fit le tour de la pièce magnifique, bien connue d'elle pourtant; et se reporta sur M. de Ghiliac qui venait de reprendre place sur son fauteuil.

— C'est une chose que je désire tant! Vous n'allez pas me la refuser, Elie?

Elle se penchait un peu et ses yeux priaient.

M. de Ghiliac se mit à rire.

— Encore faudrait-il savoir, Roberte?…

— Voilà ce dont il s'agit: Mme de Cabrols donne le mois prochain une fête de charité. Il y a une partie littéraire. Alors j'ai conçu le projet audacieux de venir vous demander un petit acte — rien qu'un petit acte, Elie! Notre fête aurait un succès inouï de ce seul fait.

— Désolé, mais c'est impossible.

— Oh! pourquoi?

Les sourcils du marquis se rapprochèrent légèrement. M. de Ghiliac n'aimait pas être interrogé quant au motif de ses refus, sur lesquels il avait coutume de ne jamais revenir, — et cela, peut-être, parce qu'il les faisait trop souvent sous l'empire de quelque caprice lui traversant soudainement l'esprit.

— C'est impossible, je vous le répète! dit-il froidement. Vous trouverez fort bien ailleurs, et votre fête n'en aura pas moins beaucoup de succès.

— Non, ce ne sera plus la même chose! On se serait écrasé si nous avions pu mettre votre nom sur notre programme! Ce petit acte que vous aviez composé pour votre fête de l'été dernier était tellement délicieux!

— Eh bien! je vous autorise à le faire jouer de nouveau.

— Mais j'aurais voulu de l'inédit!... Quelque chose que vous auriez fait spécialement, uniquement pour... nous!

Les lèvres de M. de Ghiliac s'entr'ouvrirent dans un sourire d'ironie.

— Ah! quelque chose de fait uniquement pour "vous"? dit-il en appuyant sur le pronom, tandis que son regard railleur faisait un peu baisser les yeux changeants qui suppliaient. Voilà qui aurait flatté votre vanité, n'est-ce pas, Roberte? Vous auriez pu dire à tous et à toutes: "C'est moi qui ai décidé M. de Ghiliac à écrire cela."

Elle releva les yeux et dit d'une voix basse, où passaient des intonations ardentes:

— Oui, je voudrais que vous le fassiez un peu pour moi, Elie!

Pendant quelques secondes, les prunelles bleu sombre, ensorcelantes et dominatrices, se tinrent fixées sur elle. Cet homme, qui avait certainement toute conscience de son pouvoir, semblait se complaire dans l'adoration suppliante de la femme qui s'abaissait ainsi à mendier près de lui ce qu'il lui avait toujours refusé.

Puis un pli de dédain ironique souleva sa lèvre, tandis qu'il ripostait froidement:

— Vous êtes trop exigeante, Roberte. Je vous le répète, il m'est impossible d'accéder à votre désir. Adressez-vous à Maillis, ou à Corlier; ils vous feront cela très bien.

Une crispation légère avait passé sur le fin visage de Mme de Brayles.

Elle soupira en murmurant:

— Il le faudra bien! Mais j'avais espéré un peu... Enfin, pardonnez-moi, Elie, d'être venue vous déranger.

Elle se levait, en rajustant son étole. Son regard tomba à ce moment sur la photographie posée sur le bureau. Une soudaine inquiétude y passa, que remarqua sans doute M. de Ghiliac, car un peu d'amusement apparut sur sa physionomie.

— Je suis au contraire charmé d'avoir eu le plaisir de votre visite, dit-il courtoisement. Vous verrai-je ce soir à l'ambassade d'Angleterre?

— Mais oui, certainement! Puis-je vous réserver une danse?

— Oui, mais j'arriverai tard, je vous en préviens.

— N'importe, vous l'aurez toujours, Elie... Et je vais vous demander encore quelque chose — une de ces fleurs superbes que vous avez là. Oh! je ne sais vraiment comment font vos jardiniers de Cannes et d'Arnelles pour obtenir de pareilles merveilles!

M. de Ghiliac étendit la main et prit, dans la jardinière de Sèvres posée sur son bureau, un énorme oeillet jaune pâle qu'il présenta à Mme de Brayles.

La jeune femme enleva vivement le bouquet de violettes de Parme, attaché à sa jaquette, et le remplaça par la fleur qui allait lui permettre tout à l'heure d'exciter la jalousie des bonnes amies, et irait ensuite se cacher dans quelque livre préféré, où cette Parisienne du vingtième siècle, frondeuse et frivole, mais rendue sentimentale par l'amour, la contemplerait, et la baiserait peut-être.

Mais tandis que ses doigts gantés de blanc attachaient l'oeillet au revers brodé de la jaquette, son regard se glissa encore vers cette photographie qui l'intriguait, décidément.

Elie la conduisit jusqu'au vestibule et revint vers son cabinet. Il prit de nouveau la photographie, la considéra quelques instants...

"Elle doit être distinguée, songea-t-il. Cela me suffit. Pour ce qui lui manquera, je la formerai à mon gré. Le tout est qu'elle soit docile et suffisamment intelligente."

Sur le bureau, le bouquet de violettes était resté, oublié, volontairement ou non, par Mme de Brayles. Elie le prit et le lança au lévrier.

— Tiens, amuse-toi, Odin.

Il s'enfonça dans son fauteuil et regarda pendant quelques instants, avec un sourire moqueur, le chien qui éparpillait les fleurs sur le tapis. Puis il sonna et ordonna au domestique qui se présenta:

— Enlevez cela, Célestin... Et dites d'atteler le coupé, avec les chevaux bais.

* * *

À cette même heure, on annonçait chez Mme d'Essil la marquise de Ghiliac. Ce fut M. d'Essil qui apparut au salon, en excusant sa femme, qu'une douloureuse névralgie retenait au lit.

8

— Je ne l'avais pas vue, hier soir, chez Mme de Mothécourt, et je venais précisément savoir si elle était souffrante, expliqua Mme de Ghiliac.

M. d'Essil remercia, tout en songeant: "Que nous veut-elle?" car la belle et froide marquise n'avait pas coutume de se déranger facilement pour autrui.

Ils échangèrent quelques propos insignifiants, puis Mme de Ghiliac demanda tout à coup:

— Dites-moi, mon cher Jacques, ne connaîtriez-vous pas, dans vos gentilhommières de province, quelque jeune fille de vieille race, sérieuse et simple, qui puisse faire une bonne épouse et une bonne mère?

Sous les verres du lorgnon, les paupières de M. d'Essil clignèrent un peu.

— Une bonne épouse et une bonne mère? Grâce à Dieu, j'en connais plusieurs aptes à ce beau rôle!

— Oui, mais il y aurait ici un cas particulier. Elie songe à se remarier, Jacques, il m'en a parlé dernièrement. Mais il lui faudrait une jeune personne tout autre que cette pauvre Fernande. Vous connaissez sa nature, vous savez qu'il serait peine perdue de chercher à être aimée de lui. Il veut faire uniquement un mariage de raison, pour perpétuer son nom et donner une mère à Guillemette. Il ne lui faut donc pas une mondaine, une jeune fille frivole, ni une intellectuelle ou une savante.

— Oui, je sais qu'il a en horreur ce genre de femmes.

— Il faudrait que cette jeune personne acceptât de demeurer toute l'année à Arnelles, de soigner l'enfant, de ne jamais entraver l'indépendance de son mari. Elle devrait être suffisamment intelligente, car Elie n'épousera jamais une sotte.

— Je comprends… intelligence moyenne… Jolie?

Tandis que M. d'Essil posait cette question, une lueur de fine raillerie traversait ses yeux pâles qui enveloppaient d'un rapide coup d'oeil la belle marquise de Ghiliac, — oui, toujours belle et d'apparence si jeune, bien qu'elle fût plusieurs fois grand'mère.

Une contraction légère serra les lèvres fines.

— Non, pas jolie, surtout! dit-elle avec vivacité. Elle aurait peut-être en ce cas des prétentions de coquetterie qu'Elie ne tolérerait pas. Mais il ne voudrait pas non plus d'un laideron.

Un peu de regret se percevait dans le ton. L'expression malicieuse s'accentua dans le regard de M. d'Essil.

— Evidemment! Le contraste serait trop fort, dit-il en riant. Je vois ce qu'il vous faut, Herminie… non, je veux dire ce qu'il faut à Elie. Mais je dois vous apprendre que lui-même m'a parlé à ce sujet, pas plus tard qu'hier, et que je lui ai indiqué une jeune personne susceptible de lui convenir.

— Vraiment! Qui donc? dit-elle vivement.

M. d'Essil lui répéta ce qu'il avait appris la veille à Elie touchant Valderez de Noclare. Mme de Ghiliac l'écoutait avec une attention soutenue. Quand il eut terminé, elle demanda:

— N'auriez-vous pas un portrait d'elle?

— Je l'ai envoyé ce matin à Elie. Du reste, il date de trois ans.

— N'importe, on peut juger un peu…

— Eh bien, demandez à votre fils de vous le communiquer, ma chère Herminie.

Une ombre voila pendant quelques instants le regard de Mme de Ghiliac.

— Elie a horreur que l'on s'immisce dans ses affaires, dit-elle d'un ton bref. Il ne m'a pas chargée de lui chercher une femme, je vous serai donc reconnaissante de ne pas lui parler de cette démarche. Mais je voudrais le voir remarié, à cause de Guillemette… et puis je crains toujours qu'il ne se laisse aller à faire quelque mariage dans le genre du premier. Il y a de ces coquettes si habiles!… Roberte de Brayles, par exemple, qui, entre parenthèses, se compromet vraiment par trop avec lui, comme me le faisait remarquer hier Mme de Mothécourt.

M. d'Essil eut un fin sourire.

— Rassurez-vous, Herminie, votre fils n'est pas homme à céder devant une coquette. Il lui faut rendre cette justice qu'il a une tête remarquablement organisée, sur laquelle les plus habiles manoeuvres féminines n'ont pas prise. Cette pauvre Roberte perd son temps, et, ce qui est plus grave, sa dignité. Fort heureusement, elle a affaire à un vrai gentilhomme. Mais quelle triste cervelle que celle de cette jeune femme! Certes, moi non plus, je n'aurais jamais souhaité pareille épouse à Elie!

Mme de Ghiliac se mit à rire, tout en se levant.

— Triste cervelle! Pas tant que cela! Sa passion pour Elie mise à part, c'était un fameux rêve de devenir marquise de Ghiliac, après avoir été réduite à vivre d'expédients!… Et, dites donc, Jacques, elle en ferait un aussi, votre petite pauvresse de là-bas, si elle devenait la femme d'Elie?

9

— Oui, la pauvre enfant! Ah! cela changerait Elie! Elle n'aura rien de mondain, celle-là, elle ne saura probablement même pas s'habiller...

— Oh! cela n'a aucune importance!... Elle doit vivre à la campagne!

Les yeux de M. d'Essil pétillèrent de malice, tandis qu'il répliquait avec une douceur imperceptiblement narquoise:

— Oh! évidemment, cela na aucune importance!... aucune, aucune!

Et, tandis qu'il accompagnait Mme de Ghiliac jusqu'à la porte, il redit encore:

— Aucune, aucune, en vérité!

III

La neige couvrait la grande cour des Hauts-Sapins, dérobant ainsi aux regards les pavés lamentablement inégaux, de même que, sur le toit du vieux castel, elle cachait de son décor immaculé le triste état des ardoises, la décrépitude des figures de pierre ornant les plus hautes fenêtres.

Et blanches aussi étaient les combes profondes, et la vallée où se blottissait le village de Saint-Savinien, blanches les sapinières escaladant les pentes abruptes, blancs encore les pâtis aujourd'hui déserts.

A travers la cour, Valderez de Noclare allait et venait, faisant craquer doucement la neige sous ses petits sabots. Elle transportait de la buanderie, vieille bâtisse lépreuse, jusque dans la cuisine, le linge du dernier blanchissage. Un tablier de toile bleue fort passée entourait sa taille, qui se devina d'une extrême élégance sous la vieille robe mal coupée. Valderez était, en effet, grande sans excès et admirablement bien faite. Le capuchon qui entourait sa tête empêchait de voir son visage; mais il était facile de constater que dans sa besogne de ménagère, elle gardait des manières d'une grâce naturelle incomparable.

Elle s'arrêta tout à coup au milieu de la cour en apercevant une toute petite fille qui venait d'apparaître sur le perron:

— Que veux-tu, ma Cécile? demanda-t-elle.

— Bertrand dit qu'il est l'heure de goûter, Valderez, fit une petite voix légèrement bégayante. Et papa se fâche parce qu'il ne trouve pas la clef du grenier aux vieux livres.

Valderez plongea vivement la main dans la poche de sa robe.

— C'est vrai, j'ai oublié de l'accrocher à sa place! Viens la chercher, Cécile.

L'enfant descendit et s'avança à petits pas pressés. Elle prit la clef que lui tendait sa sœur, mais demeura immobile, en levant vers Valderez un visage un peu inquiet.

— Eh bien! qu'attends-tu? demanda la jeune fille d'un ton malicieux.

— Mais... Bertrand voudrait bien goûter!

Un éclat de rire délicieusement jeune et frais s'échappa des lèvres de Valderez.

— Et Mlle Cécile aussi, n'est-ce pas? Allons, rentre vite, je vais avoir fini dans cinq minutes. Ne perds pas la clef, surtout!

Elle se pencha pour ramener sur les épaules de l'enfant la petite pèlerine qui glissait. Ce mouvement fit tomber son propre capuchon, mal attaché. Entre les nuages gris pâle dont le ciel était parsemé, un rayon de soleil perça à ce moment; il éclaira triomphalement un visage aux lignes pures, un teint d'une merveilleuse blancheur, une chevelure souple, ondulée, d'un brun doré admirable.

— Valderez, un monsieur! murmura Cécile.

Son petit doigt se tendait vers la grille. Valderez tourna vivement la tête de ce côté; elle vit, derrière les barreaux, un jeune homme de haute taille, qui lui était complètement inconnu.

Au même instant, l'étranger, détournant son regard attaché sur Mlle de Noclare, agitait la sonnette d'une main décidée.

La jeune fille eut un mouvement pour se diriger vers le logis, afin d'y déposer son linge. Mais non, elle ne pouvait faire attendre cet étranger les pieds dans la neige. Elle s'en alla vers la grille avec son fardeau, en rajustant tant bien que mal son capuchon.

Le jeune homme se découvrit en demandant:

— Suis-je bien ici aux Hauts-Sapins, chez M. de Noclare, mademoiselle?

Valderez répondit affirmativement, tout en faisant tourner la clef dans la serrure et en ouvrant un battant de la grille.

— Lui serait-il possible de me recevoir? Je viens de la part du comte d'Essil...

La physionomie sérieuse et un peu intimidée de Valderez s'éclaira aussitôt.

— Sans doute! M. d'Essil est un excellent ami de notre famille. Entrez donc, monsieur.

Il la suivit à travers la cour. Ses pénétrantes prunelles bleues l'enveloppaient d'un regard investigateur, comme pour noter le moindre de ses mouvements.

— Cécile! appela Valderez.

Mais la petite fille, intimidée, avait disparu. Valderez se tourna vers l'étranger:

— Voulez-vous monter, monsieur? dit-elle en désignant le vieux perron branlant dont la neige cachait l'état lamentable. Je vais me débarrasser de ce linge et je vous rejoins aussitôt.

Elle s'éloigna, tandis que le jeune homme, gravissant le perron, entrait dans un large vestibule aux murs de pierre grisâtre, où, pour tout ornement, se voyaient quelques vieux trophées de chasse, trois ou quatre bancs et coffres de chêne usé…

— En vérité, tout cela sent la misère! murmura-t-il en jetant un coup d'oeil autour de lui, tandis qu'il enlevait vivement l'opulente pelisse dont il était couvert et la déposait sur un des coffres.

Valderez apparut presque aussitôt, débarrassée de son tablier et de son capuchon; elle fit entrer l'étranger dans un grand salon très nu, où demeuraient, seuls vestiges d'un passé meilleur, quelques vieux meubles assez beaux et un portrait représentant un seigneur du seizième siècle portant les insignes de la Toison d'or.

— Qui devrai-je annonce à mon père, monsieur?

En adressant cette question, Valderez levait les yeux vers l'étranger. Et ces yeux d'un brun velouté, si grands et si profonds, étaient les plus beaux yeux qui se pussent voir; ils avaient une saisissante expression de fierté et de douceur et laissaient rayonner, sans ombre, l'âme pure et grave de Valderez.

— Le marquis de Ghiliac, mademoiselle, répondit-il en s'inclinant.

Elle eut un léger tressaillement de surprise et rougit un peu. Dans son regard, Elie vit passer une expression d'étonnement intense, presque incrédule. La jeune provinciale ignorante du monde avait évidemment, malgré tout, entendu parler de cette célébrité et se demandait avec stupéfaction ce qu'un homme comme lui venait faire aux Hauts-Sapins.

Elle s'éloigna d'une allure souple, extrêmement gracieuse. M. de Ghiliac s'approcha d'une fenêtre. Celle-ci donnait sur le jardin, en ce moment vaste étendue de neige. Les yeux du marquis parurent suivre pendant quelques instants les jeux du soleil sur la blanche parure des sapins.

"Il est amusant, mon cousin d'Essil, avec sa photographie datant de trois ans! songea-t-il avec un léger rire moqueur. Pour quelqu'un qui ne veut pas d'une beauté, je tombe bien! Admirable, positivement! Et combien de nos jeunes mondaines pourraient envier l'aisance si naturelle, l'élégance si aristocratique de cette petite provinciale perdue dans ses neiges et ses sapins, fagotée je ne sais comme et occupée à de pénibles besognes ménagères! Avec cela, une incomparable fraîcheur morale, certainement, car ces yeux-là ne trompent pas… une intéressante étude de caractère à faire!"

Il se détourna en entendant la porte s'ouvrir. Un homme de belle taille, maigre et distingué, les cheveux grisonnants, entrait vivement. Lui aussi avait une physionomie stupéfaite, mais visiblement ravie.

— Vraiment, monsieur! Quelle amabilité!… Par ce temps!

Dans sa surprise, il bredouillait un peu. M. de Ghiliac, sans paraître s'en apercevoir, expliqua le motif de sa visite en quelques phrases aimables et remit à son hôte une lettre de M. d'Essil.

Tandis que M. de Noclare lisait, Elie l'examinait à la dérobée. Cette physionomie mobile, aux lignes molles, laissait deviner la nature de cet homme, prodigue incorrigible, âme faible et volontaire à la fois, qui avait conduit les siens à la ruine et n'avait jamais eu le courage de tenter de remonter le courant.

— Vraiment, quelle heureuse idée a eue mon ami d'Essil de se rappeler nos vieilles chroniques! s'exclama M. de Noclare, à peine sa lecture terminée. Cela nous vaut la faveur aussi flatteuse qu'inattendue d'une visite de vous, monsieur. Hélas! je ne suis plus Parisien! Mais je sais quelle place vous tenez… Asseyez-vous, je vous en prie! Je suis désolé de vous recevoir ainsi! Ce salon est glacial…

De fait, M. de Ghiliac regrettait fort d'avoir quitté sa pelisse.

— Si j'osais?… continua M. de Noclare en hésitant. Nous passerions dans la pièce familiale, le parloir, comme disent les enfants. J'aurais le plaisir immense de vous présenter à ma femme et de vous offrir une tasse de thé. Pendant ce temps, ma fille aînée vous chercherait cette chronique; c'est elle qui se connaît dans ces vieilles choses, dont je ne m'occupe guère, je l'avoue.

— Rien ne me sera plus agréable que d'être traité sans cérémonie, monsieur, et je serai fort heureux de présenter mes hommages à Mme de Noclare.

— Alors, permettez que je la prévienne.

Il s'éloigna et revint presque aussitôt en invitant son hôte à le suivre. Ils traversèrent le vestibule et entrèrent dans une salle tendue de tapisseries fanées, ornée de vieux meubles de noyer soigneusement entretenus. Des branches de houx et de gui s'échappaient de hottes rustiques pendues à la muraille. Quelques oiseaux gazouillaient dans une cage près de la fenêtre. Dans la grande cheminée de pierre grise, un énorme feu de bûches flambait, répandant une douce tiédeur dans la vaste pièce.

Une femme d'une quarantaine d'années était étendue sur une chaise longue, près du foyer. Elle tourna vers l'étranger un visage diaphane, au regard morne et las, et lui tendit la main avec un mot gracieux murmuré d'une voix fatiguée.

M. de Noclare, très empressé, avança à son hôte le meilleur fauteuil, s'en alla à la recherche de sa fille, puis revint promptement, en homme qui ne veut pas perdre une minute d'une visite si précieuse. Il mit la conversation sur Paris, sur ses fêtes et ses plaisirs. Dans ses yeux, semblables pour la nuance à ceux de Valderez, mais si différents d'expression, M. de Ghiliac pouvait lire le regret ardent que cet homme de cinquante ans gardait de sa vie frivole d'autrefois.

Une fillette de quatorze ans, un peu pâle et fluette, mais de mine éveillée, apparut bientôt avec une assiette garnie de tartines beurrées. Derrière elle entra Valderez, chargée d'un plateau qui supportait les tasses et la théière.

— Ma fille aînée, que vous avez déjà vue tout à l'heure, monsieur, dit M. de Noclare. Celle-ci est Marthe, la cadette.

Valderez se mit en devoir de servir le thé. Elie, tout en causant avec le charme étincelant qui lui était habituel, ne perdait pas un des ses mouvements. Nul plus que lui ne possédait ce don, précieux pour un écrivain, de saisir chez autrui les moindres nuances, en paraissant tout entier cependant à la conversation même la plus absorbante.

Valderez vint lui présenter une tasse de thé. Il la prit avec un remerciement, la posa près de lui sur une table que venait d'avancer M. de Noclare, puis, levant les yeux vers la jeune fille, il lui dit avec un sourire:

— Il ne faut pas que j'oublie, mademoiselle, la petite commission que ma cousine d'Essil m'a donnée pour vous

Il lui remit un très mince paquet entouré d'un coquet ruban, que Valderez prit en remerciant avec une grâce timide.

Elle s'en alla à la recherche de la chronique et revint bientôt avec un rouleau de parchemins jaunis. M. de Ghiliac, s'étant excusé fort courtoisement de la déranger ainsi, se mit à parcourir les vieux papiers, tout en continuant de s'entretenir avec son hôte. De temps à autre, il s'interrompait pour demander une explication à Valderez, que son père lui avait désignée comme étant au courant des antiques chroniques du pays. Elle répondait avec beaucoup de clarté et une très grande simplicité, bien qu'au fond elle ressentît une gêne intense devant ce brillant étranger dont le superbe regard semblait vouloir fouiller jusqu'au plus profond de l'âme.

— Je regrette de ne pouvoir pousser plus loin mes recherches là dedans. Je suis sûr que j'y découvrirais des choses fort curieuses, dit M. de Ghiliac en roulant avec soin les parchemins.

— Mais emportez-les donc, monsieur! Et ne vous gênez pas pour les garder tant qu'il vous plaira! s'écria avec empressement M. de Noclare, qui semblait littéralement en extase devant lui.

— Mais je priverais peut-être mademoiselle?… dit Elie en se tournant vers Valderez.

Elle secoua négativement la tête.

— Je n'ai plus le temps de m'occuper de ces recherches. Emportez ces papiers sans crainte, monsieur.

Il s'inclina avec un remerciement, et, jetant un coup d'oeil sur la pendule, se leva en faisant observer qu'il était temps pour lui de songer au départ, s'il ne voulait manquer l'heure du train. Il prit congé de Mme de Noclare et de Valderez, et sortit du parloir avec M. de Noclare.

— Eh bien! eh bien! qu'est-ce que cela? Valderez, ne peux-tu surveiller ces enfants? s'écria M. de Noclare avec irritation.

Dans le vestibule, Cécile et un petit garçon du même âge se trouvaient près du coffre, où M. de Ghiliac avait déposé sa pelisse et s'amusaient à enfouir leur visage dans la fourrure magnifique qui ornait celle-ci.

— Mais cela n'a aucune importance, monsieur! dit Elie en riant.

Valderez était déjà là. Un peu rouge de confusion, elle prit les enfants par la main et les emmena vers une pièce voisine. Ces mots parvinrent aux oreilles d'Elie, prononcés d'un ton de douce sévérité par la voix harmonieuse de la jeune fille:

— Que c'est vilain d'aller toucher comme cela au vêtement de ce monsieur!

A quoi une petite voix enfantine répondit:

— Oh! Valderez! c'était si chaud, et ça sentait si bon!

— Vous avez de nombreux enfants, je crois, monsieur? dit Elie tandis que, ayant endossé sa pelisse avec l'aide de son hôte très empressé, il se dirigeait vers la porte du vestibule.

M. de Noclare eut un profond soupir.

— Sept! Et ma femme est de si faible santé! Sans ma fille aînée, je ne sais ce que nous deviendrions. Elle est toute dévouée à ses frères et soeurs. Mais enfin, elle peut se marier un jour ou l'autre… bien qu'une fille sans dot, hélas!… Car malheureusement la beauté ne suffit pas toujours…

— Non, pas toujours… Mais ne vous dérangez pas, monsieur! Je ne souffrirai pas que vous m'accompagniez plus loin.

En rentrant dans le parloir, M. de Noclare s'exclama avec enthousiasme:

— Quel être merveilleux! Quel chic! Quelle élégance! Tout ce que j'en avais entendu dire est encore au-dessous de la vérité. C'est un homme à tourner toutes les têtes, qu'en dites-vous, Germaine?

— Oh! pour cela, oui! répondit Mme de Noclare, que cette visite semblait avoir légèrement éveillée de sa torpeur maladive. Quelle surprise nous a faite là M. d'Essil! M. de Ghiliac est fort aimable… et fier cependant.

— Il a bien le droit de l'être! Ah! en voilà un à qui tout sourit dans la vie! murmura M. de Noclare avec un soupir d'envie.

Il se mit à marcher de long en large, les sourcils froncés, tout en aspirant un subtil parfum qui flottait encore dans l'air tiède de la pièce. Valderez venait d'entrer et s'occupait à ranger la table où elle avait servi le thé. Son père s'arrêta tout à coup devant elle.

— Dis donc, tu aurais bien pu changer de robe! dit-il d'un ton sec. Crois-tu qu'il soit convenable de te présenter avec cette vieillerie-là? Quelle opinion a dû avoir de toi M. de Ghiliac, accoutumé à toutes les élégances?

— Mais, mon père, vous savez bien que je n'ai pas eu le temps! Cette robe est vieille, c'est vrai, mais propre… Et que peut nous faire l'opinion de cet étranger? Il a bien vu aussitôt que nous étions pauvres, ce qui n'est pas un déshonneur, si nous savons conserver notre dignité.

— Ah! oui, il l'a vu!… Etre obligé de recevoir un homme comme lui dans cette maison misérable, et avec ça sur le dos! fit-il en désignant sa vieille jaquette râpée. Ses domestiques me mettraient à la porte, si je me présentais chez lui comme cela!

Il leva les épaules et reprit sa promenade à travers la salle. Quand Valderez fut sortie, il se rapprocha de sa femme.

— Elle est extraordinaire, cette enfant-là, pour être si peu coquette! Avec une beauté comme la sienne, pourtant!…

— Oui, elle est bien belle… elle le devient un peu plus chaque jour…

Elle s'interrompit, hésita un moment et murmura:

— Avez-vous remarqué, Louis, que M. de Ghiliac la regardait beaucoup?

M. de Noclare leva de nouveau les épaules.

— Eh! oui, il la regardait, parce qu'elle en vaut la peine! Mais vous n'allez pas vous imaginer, je suppose, qu'il va pour cela tomber amoureux de notre fille? D'abord, il a, paraît-il, un coeur rien moins qu'inflammable; ensuite, il manque tant de choses à notre pauvre Valderez pour plaire à un homme comme lui, mondain raffiné, grand seigneur des pieds à la tête, et si admirablement intelligent! Puis il appartient à notre plus haute aristocratie, il est fabuleusement riche… et nous ne sommes que de pauvres hobereaux ruinés, bons tout au plus à exciter sa pitié dédaigneuse, acheva M. de Noclare d'un ton âpre.

IV

C'était jour de grand repassage aux Hauts-Sapins.

Dans l'immense cuisine voûtée, Valderez maniait diligemment le fer, tandis que Cécile et Bertrand, les deux blonds jumeaux de sept ans, jouaient dans un coin de la pièce, près de la vieille Chrétienne, l'unique servante des Noclare, occupée à éplucher les légumes pour le repas du soir.

Un pli profond barrait le beau front de Valderez. Tout en travaillant, elle refaisait mentalement le compte des dépenses du dernier mois. Malgré une économie de tous les instants, ces dépenses dépassaient la modique somme dont disposait la jeune fille. Il est vrai que M. de Noclare exigeait pour lui une nourriture plus soignée, il lui fallait du vin, des cigares… Et aujourd'hui la pauvre Valderez se trouvait toute désemparée en s'apercevant qu'elle avait des dettes. C'était peu de chose, mais jusqu'ici, au prix de maints prodiges, de fatigues et de privations personnelles, elle avait réussi à équilibrer le maigre budget.

En outre, depuis la visite de M. de Ghiliac, son père était plus sombre, plus acariâtre. La vue de ce privilégié, comblé de tous les dons de la fortune, pouvant user à son gré des plaisirs dont demeurait avide M. de Noclare, semblait avoir réveillé tous les amertumes de cette âme faible. De plus, depuis quelques jours, un souci plus grand paraissait peser sur lui, et Valderez se demandait avec angoisse si leur lamentable situation pécuniaire n'avait pas encore empiré.

— Le facteur est passé! Il y a une lettre pour toi, d'Alice d'Aubrilliers, dit Marthe, qui entrait dans la cuisine. Et papa a une lettre de Paris, avec une enveloppe gris pâle, si joliment satinée! Il y a dessus une toute petite couronne de marquis. C'est probablement de M. de Ghiliac, ne penses-tu pas, Valderez?

— Je n'en sais rien, petite curieuse.

13

Le bref passage d'Elie de Ghiliac avait laissé une grande impression dans l'esprit de tous; seule, Valderez n'y songeait plus dès le lendemain, car, en vérité, elle avait bien autre chose à faire et bien d'autres soucis en tête!

Elle prit la lettre que Marthe lui tendait et qui était d'une amie, dont les parents, autrefois voisins des Hauts-Sapins, habitaient depuis quelques mois Besançon.

— Ah! Alice se marie! dit-elle, après avoir lu les premières lignes.

— Avec qui, Valderez?

— Un avocat de Dijon, M. Vallet, — un jeune homme très sérieux, bon chrétien et d'excellente famille, me dit-elle.

— Mais il n'est pas noble!

Valderez eut un léger mouvement d'épaules.

— Qu'est-ce que cela, du moment où les qualités principales se trouvent réunies? Alice semble si heureuse!

— Alors, tu ne regarderais pas non plus à épouser un roturier?

— Non, pourvu qu'il fût de même éducation que moi, et de mentalité semblable. Il faut rechercher d'abord le principal, ma petite Marthe, et ne pas trop s'entêter aux considérations secondaires… Mais il est peu probable que des filles pauvres comme nous aient à s'inquiéter de ce sujet-là, ajouta-t-elle avec un sourire pensif.

— Bah! pourquoi pas? dit Marthe en exécutant une pirouette.

Elle se trouva en face de Chrétienne, qui pelait ses légumes d'un geste automatique.

— Dis, Chrétienne, que nous trouverons bien à nous marier?

La vieille femme arrêta son travail, elle leva vers Marthe un visage sévère et morose, sillonné de rides.

— Faudra voir… Et puis, tu seras aussi bien ici, va, plutôt que de t'attacher la chaîne aux bras. C'est comme Valderez, il vaut mieux pour elle qu'elle reste aux Hauts-Sapins, bien qu'elle n'y soit pas toujours sur des roses. Le mariage, c'est la misère… Oui, ma fille, je te le dis, fit-elle d'un ton grave, en étendant la main vers Valderez.

— Souvent, oui… Mais enfin, Chrétienne, chacun doit suivre sa voie en ce monde! répondit Valderez en secouant doucement la tête.

— Bien sûr! Tu dis des choses impossibles, Chrétienne! s'écria vivement Marthe. Nous nous marierons, nous serons très heureuses, et toi tu en seras pour tes fâcheuses prédictions. Crois-tu que notre Valderez n'est pas assez belle pour être épousée par un prince?

Chrétienne posa son couteau sur ses genoux, elle croisa les mains et leva vers Valderez ses yeux ternis par l'âge.

— Ma fille, si jamais un homme t'épousait pour ta beauté seulement, je te plaindrais. Car la beauté s'en va, et alors vient l'abandon. Tu mérites mieux que cela, Valderez, parce que ton âme est plus belle encore que ton visage.

Ces paroles étaient extraordinaires dans la bouche de la vieille servante, généralement taciturne et plus portée à adresser à ses jeunes maîtresses des observations moroses que des compliments. Valderez et Marthe la regardaient avec surprise. Elle étendit sa main vers l'aînée…

— Va, ma fille, je prierai pour toi, dit-elle solennellement.

Et, reprenant son couteau, elle se remit à l'épluchage de ses légumes.

Marthe s'éloigna, et Valderez, ayant rapidement parcouru la lettre de son amie, se remit à l'ouvrage. Mais à peine avait-elle donné quelques coups de fer que la porte s'ouvrit, livrant passage à M. de Noclare, très rouge, tout émotionné…

— Viens vite, Valderez, j'ai à te parler, dit-il d'une voie étranglée.

— Qu'y a-t-il? s'écria-t-elle, déjà anxieuse.

Sans répondre, il l'entraîna vers le parloir. Elle eut une exclamation d'inquiétude en apercevant sa mère à demi évanouie sur sa chaise longue.

— Oh! ce n'est rien du tout!… c'est la joie! dit M. de Noclare en voyant Valderez se précipiter vers elle. Un événement si inattendu, si incroyable, si… si…

— Quoi donc? demanda machinalement Valderez, tout en mettant un flacon de sels sous les narines de sa mère.

— Une demande en mariage pour toi! Devine qui?

— Une demande en mariage! dit-elle avec stupéfaction. Je ne vois pas qui… nous ne connaissons personne…

— Ah! tu ne connais pas le marquis de Ghiliac? dit M. de Noclare d'une voix qui sonna comme une fanfare triomphale.

— Le marquis de Ghiliac!

Le flacon glissa des mains de Valderez, et se brisa sur le parquet. La jeune fille, se redressant, regarda son père d'un air incrédule.

— Voulez-vous dire, mon père, que… ce soit lui?

14

— Oui, c'est lui!… lui qui m'a écrit pour demander ta main, Valderez, ma fille bien-aimée!

Il lui avait saisi les mains entre les siennes, qui tremblaient d'émotion. Valderez, dont le visage s'empourprait, murmura:

— Mais, mon père… je ne comprends pas…

— Comment! tu ne comprends pas? N'ai-je pas été suffisamment clair? Faut-il encore te répéter que le marquis de Ghiliac demande la main de Valderez de Noclare?

Mme de Noclare ouvrait en ce moment les yeux. Elle étendit les mains vers sa fille en balbutiant:

— Mon enfant, combien je suis heureuse! Un tel mariage! Un rêve invraisemblable!

Valderez, devenue subitement très pâle, appuya sa main tremblante au dossier d'une chaise. Il n'y avait pas trace, sur son beau visage, de la joie débordante dont témoignait la physionomie de ses parents. C'était bien plutôt de l'effroi qui se mêlait à sa stupéfaction.

— Comment M. de Ghiliac peut-il désirer épouser une personne aperçue pendant une heure au plus? dit-elle d'une voix qui tremblait légèrement. Il ne me connaît pas…

M. de Noclare éclata de rire.

— Es-tu neuve dans la vie, ma pauvre Valderez! La moitié des mariages se font ainsi. D'ailleurs M. de Ghiliac est de ceux qui jugent les gens d'un coup d'oeil… Et puis, petite naïve, ne sais-tu pas que tu es assez belle pour produire le fameux coup de foudre? Cependant, ta surprise est compréhensible, car, malgré tout, il était impossible de rêver pareille chose! Un homme célèbre comme lui, et tellement recherché, et follement riche! Avec cela, il est l'unique héritier de son grand-oncle, le duc de Versanges, dont le titre lui fera également retour…

Un geste de Valderez l'interrompit.

— Ces considérations me paraissent bien secondaires, mon père. Je vois autre chose dans le mariage…

— Oui, oui, nous savons que tu fais la sérieuse, la désintéressée. Eh bien! lis la lettre de M. de Ghiliac, tu verras les raisons dont il appuie sa demande.

Valderez prit la feuille gris pâle, d'où s'exhalait ce parfum léger, subtil, qui avait persisté l'autre jour dans le parloir, après la visite de M. de Ghiliac. Elle parcourut rapidement la missive, dans laquelle il sollicitait sa main en termes élégants et froids, déclarant qu'il espérait trouver en Mlle de Noclare, fille et soeur si parfaitement dévouée, l'épouse sérieuse cherchée par lui, et une mère toute disposée à aimer la petite fille qu'il avait eue de son premier mariage.

"Mademoiselle votre fille n'aurait pas à craindre de voir beaucoup changer ses habitudes en devenant marquise de Ghiliac, ajoutait-il. Je n'aurais aucunement l'intention de l'astreindre à la vie mondaine, si déplorable à tous points de vue. Elle vivrait avec ma fille au château d'Arnelles, où son existence serait très calme, — presque autant qu'aux Hauts-Sapins. Avant toute chose, je recherche une jeune personne raisonnable et bonne, — et telle m'a apparu Mlle de Noclare."

Ce qui, dans le ton de cette lettre, avait échappé au père et à la mère, fous d'orgueil et de joie, se précisa nettement dans l'esprit de la jeune fille: elle saisit, sous les phrases correctes de l'homme du monde, la froideur absolue, — probablement aussi profonde que l'était sa propre indifférence à l'égard d'Elie de Ghiliac. En admettant que celui-ci eût ressenti le coup de foudre, il n'avait su aucunement le montrer, en dépit de son habileté littéraire.

De cette flatteuse demande en mariage, il se dégageait clairement ceci: le marquis de Ghiliac cherchait une mère pour sa fille, il pensait la trouver en cette jeune fille pauvre, accoutumée à une existence austère et au soin des enfants. Par M. d'Essil, il avait eu les renseignements nécessaires, et, ne songeant qu'à un mariage de raison, ne s'attardait pas en phrases inutiles à l'égard de cette humble petite provinciale, à laquelle il faisait l'honneur d'offrir son nom, un des plus glorieux de l'armorial français.

Valderez comprit aussitôt tout cela, un peu confusément, car elle était inexpérimentée, et elle n'avait jamais eu le loisir ni l'idée de réfléchir sur la question du mariage, considéré par elle comme à peu près inaccessible.

Elle tendit silencieusement à son père l'élégante missive dont le parfum l'impressionnait désagréablement.

— Eh bien! qu'en dis-tu? N'est-il pas sérieux? Il ne veut pas d'une mondaine, tu vois… ce qui n'empêchera pas qu'une fois mariée, tu l'amèneras à faire ce qui te plaira. Ce ne serait pas la peine d'avoir une position comme celle-là pour n'en pas profiter!

— Vraiment, vous me connaissez bien peu, mon père! La perspective de cette vie calme et de ce devoir à remplir près d'une enfant sans mère m'attirerait au contraire, si… si ce n'était "lui".

— Comment, si ce n'était pas lui? s'exclama M. de Noclare, tandis que sa femme se redressait un peu pour regarder Valderez d'un air stupéfait.

— Oui, car il ne me plaît pas, et je ne crois pas pouvoir ressentir de sympathie à son égard.

15

— Il ne te plaît pas! bégaya Mme de Noclare. Lui qu'on appelle le plus beau gentilhomme de France!

M. de Noclare, un moment abasourdi, eut un mordant éclat de rire.

— En vérité, Valderez, as-tu donc quelque chose de dérangé là? dit-il en se frappant le front. On t'en donnera, un prétendant de cette espèce! Une pareille demande ne se discute même pas On l'accepte comme une de ces chances inouïes dont on n'aurait jamais osé avoir l'idée. Ah! il ne te plaît pas, cet homme qui n'aurait qu'à choisir parmi les plus nobles et les plus opulentes! Folle créature, combien de femmes, portant les plus grands noms d'Europe, appartenant même à des familles souveraines, exulteraient de bonheur si cette demande leur était adressée! Tu ne l'as donc pas regardé, ou bien tu étais aveugle, l'autre jour, pour venir nous dire cette insanité: "Il ne me plaît pas!"

Comme beaucoup de natures faibles, M. de Noclare était violent à l'égard de ceux sur qui il exerçait une autorité. Valderez voyait poindre l'orage. Néanmoins, elle continua courageusement:

— J'ai voulu dire, mon père, que sa seule vue suffit à me persuader que rien — goûts, habitudes, éducation — n'est commun entre nous. Il est, avez-vous dit vous-même, extrêmement mondain; on le devine aussitôt, rien qu'à sa tenue, raffiné en toutes choses, jusqu'à l'excès peut-être… Et ce pli railleur des lèvres que vous avez sans doute remarqué…

— Allons, je vois que ma pieuse fille sait fort bien observer et juger son prochain! interrompit M. de Noclare avec une irritation sarcastique. Mais tout cela, ce sont des enfantillages! Parlons sérieusement, Valderez.

— Je suis absolument sérieuse, mon père. Le sujet est trop grave pour qu'il en soit autrement. Je vous avoue, en toute franchise, que M. de Ghiliac m'inspire une sorte d'effroi et que je ne crois pas possible, en ce cas, de devenir sa femme.

Elle prononçait ces derniers mots d'une voix tremblante, car elle savait d'avance quelle fureur elle allait déchaîner. Mais elle savait aussi que, loyalement, elle devait les dire.

— Valderez! gémit Mme de Noclare.

Un flot de sang était monté au visage de M. de Noclare. Il posa sur l'épaule de sa fille une main si dure que Valderez chancela.

— Ecoute, dit-il d'une voix sifflante, je vais te dire les conséquences d'un refus de ce genre. J'avais engagé les quelques fonds qui nous restaient dans des opérations financières paraissant annoncer des chances sérieuses. Ces jours derniers, j'ai appris que cette affaire périclitait. Si j'en retire le quart, je devrai m'estimer satisfait. Alors, ce sera la misère, comprends-tu, Valderez? la misère noire. Les Hauts-Sapins seront vendus pour un morceau de pain et nous irons mendier sur les routes.

Valderez, écrasée par cette révélation, demeurait sans parole. Il poursuivit:

— Si tu épouses M. de Ghiliac, tout change, car naturellement, celui-ci ne laissera pas dans le besoin les parents de sa femme, il pourvoira à l'éducation des enfants…

— Non, non, pas cela! je travaillerai, je ferai n'importe quoi… mais ne me demandez pas cela! dit-elle d'une voix étranglée.

— Je serais curieux de savoir comment tu parviendrais à nourrir tes frères et soeurs, ainsi que ta mère et moi! riposta ironiquement M. de Noclare. Ne nous débite pas de pareilles sottises, je te prie.

Valderez baissa la tête. C'était vrai, ce qu'elle pouvait n'était à peu près rien et ne parviendrait pas à combler la centième partie du gouffre ouvert par l'imprévoyance paternelle.

— Ce mariage est donc pour nous une invraisemblable planche de salut. Il nous donnera enfin la sécurité, il assurera brillamment ton avenir en faisant de toi une des plus grandes dames de France.

— Oh! moi! murmura Valderez d'un ton brisé.

Elle rencontra le regard de sa mère, suppliant et pathétique. Là non plus, elle ne trouverait pas d'appui. Mme de Noclare était une âme faible unie à un corps fatigué; jamais elle n'avait eu d'autre volonté que celle de son mari, jamais elle n'avait su diriger ses enfants, et c'était l'aînée, admirablement douée moralement, qui assumait les responsabilités de l'éducation de ses frères et soeurs. Pour sa mère, Valderez avait une affection inconsciemment protectrice, mêlée de compassion et de respect, elle s'ingéniait à lui enlever les moindres soucis. Aussi comprit-elle aussitôt la signification de ce regard.

— Le voulez-vous donc aussi? murmura-t-elle, le coeur serré, en se penchant vers Mme de Noclare.

— Si je le veux! Mais ce sera le repos pour nous tous, mon enfant! Te savoir si bien mariée!… Et nous à l'abri du besoin! Il n'y a pas à hésiter, voyons, Valderez!

— Si, je dois réfléchir, dit fermement la jeune fille en se redressant et en se tournant vers son père. Une telle décision ne peut être prise inconsidérément. D'ailleurs, ne faut-il pas avoir des

16

informations auprès de M. d'Essil? Nous ne savons rien de M. de Ghiliac… rien, pas même s'il a quelques sentiments religieux, et si sa femme pourrait voir ses convictions respectées.

M. de Noclare eut un geste impatient.

— Eh! te figures-tu qu'il soit un sectaire? Il est catholique, naturellement, comme tous les Ghiliac; quant à être pratiquant, c'est chose peu probable. Mais il ne faut pas trop demander et faire la petite exagérée. Du reste, je vais écrire à M. d'Essil, s'il ne faut que cela pour te décider. En attendant sa réponse, tu réfléchiras à ton aise. Mais n'oublie pas qu'il s'agit pour nous de la misère ou de la sécurité, selon le parti que tu prendras.

V

Oh! non, elle ne devait pas l'oublier, pauvre Valderez! Toute la nuit se passa pour elle à tourner et à retourner dans son esprit la pénible alternative: ou la misère pour tous et la vie devenue un enfer pour elle par suite du ressentiment de son père — ou le mariage avec cet étranger.

Pourquoi donc cette dernière solution lui inspirait-elle une telle crainte? Elle ne savait pas le définir clairement. Nature rare et charmante, très mûre sur certains points par les responsabilités qui lui incombaient, et par son existence sévère, elle avait conservé sur d'autres l'exquise simplicité, la fraîcheur d'impressions d'une enfant. L'extrême sérieux de son caractère, sa piété profonde la préservaient en outre de toute tendance romanesque, et de tous désirs de luxe et de vanité. Aussi, à cette première visite de M. de Ghiliac, avait-elle été moins frappée de l'extérieur séduisant de cet étranger, qu'impressionnée par ce qu'il y avait en cette physionomie, dans ce regard et ce sourire, d'énigmatique et d'inquiétant. Puis, ainsi qu'elle l'avait dit à son père, elle l'avait deviné aussitôt entièrement différent d'elle-même, la pauvre petite Valderez, habituée à la pauvreté, aux durs labeurs du ménage, ne connaissant rien des raffinements de la coquetterie, si opposée dans tous ses goûts aux femmes de son monde. Etait-il possible qu'elle devînt l'épouse de ce brillant grand seigneur? L'incompatibilité ne serait-elle pas trop forte entre eux?

Telle fut la question qu'elle adressa le lendemain matin au bon vieux curé de Saint-Savinien, lorsque, après une nuit d'insomnie, elle se rendit à l'église pour lui demander conseil.

— Voilà, ma pauvre petite, une alternative bien grave, dit le prêtre en secouant la tête. Quant à ce point-là, il me semble que vous ne devez pas trop vous en inquiéter, puisqu'il vous prévient lui-même que vous n'aurez pas une existence mondaine. C'est donc qu'il souhaite avant tout une épouse sérieuse, ce qui est tout à son honneur et doit vous inspirer confiance.

— Mais puis-je, loyalement, accepter sa demande, lorsque je n'ai pour lui que de l'indifférence — même plus que cela, une sorte de défiance?

— Ceci est plus grave. Pourquoi cette défiance, mon enfant?

— Je ne sais trop, monsieur le curé… Il est si différent des hommes que j'ai vus jusqu'ici! Son regard a une expression que je ne puis définir, qui attire et trouble à la fois. Puis, sous ses façons aimables, il est froid et hautain… et je crains qu'il ne soit très railleur, très sceptique. Enfin, monsieur le curé, pour résumer tout, je ne le connais pas, et c'est cet inconnu qui me fait peur.

— M. d'Essil ne pourrait-il vous donner des renseignements?

— Mon père va lui écrire. C'est un homme sérieux et loyal, il dira ce qu'il sait, certainement. La question religieuse me tourmente aussi. Je m'imagine que M. de Ghiliac est un incroyant.

— Ma pauvre petite, votre cas est bien épineux! Il ne s'agirait que de vous, je dirais: refusez, puisque l'idée de cette union vous inspire tant de crainte. Mais il y a les vôtres… On vous demande un sacrifice. Vous êtes assez forte pour le faire, Valderez. Mais il s'agit de savoir si vous en avez le droit. Le mariage est un sacrement avec lequel on ne doit pas jouer. Vous ne pouvez accepter la demande de M. de Ghiliac que si vous êtes résolue non seulement à remplir tous vos devoirs envers lui, mais encore à chasser cette crainte, cette défiance et à faire tous vos efforts pour l'aimer, ce qui est un précepte divin. Si vous ne vous en croyez pas capable, alors dites non, quoi qu'il doive vous en coûter.

Elle serra l'une contre l'autre ses mains froides et tremblantes.

— Je ne sais pas! murmura-t-elle. Si, au moins, j'avais pu le connaître un peu plus! Il est certain que le ton de sa lettre est sérieux… mais lui, l'est-il? Que faire, mon Dieu, que faire?

Des larmes glissaient sur ses joues. Le bon curé la regardait, très ému, lui qui connaissait si bien cette âme énergique et tendre à la fois. Le noble étranger qui demandait Valderez pour épouse saurait-il la comprendre et la apprécier, cette âme délicieuse, ce coeur aimant dont il aurait toute la première fraîcheur? Hélas! étant donné le portrait que lui en avait fait la jeune fille, le curé se sentait envahi par le doute à ce sujet. Aussi, combien aurait-il voulu lui dire de répondre par un refus! Mais il n'ignorait pas la situation lamentable de la famille de Noclare, il savait aussi qu'en cas de refus, M. de Noclare ne pardonnerait jamais à sa fille, et que l'existence de celle-ci deviendrait intolérable. Alors, si le sacrifice pouvait être fait sans attenter aux droits de la conscience, ne fallait-il pas l'accomplir quand même?

C'est ce qu'il expliqua à Valderez, en ajoutant que l'incroyance présumée de M. de Ghiliac ne serait pas, dans ce cas particulier, un obstacle absolu, pourvu que la liberté religieuse de sa femme et l'éducation de leurs futurs enfants se trouvassent garanties.

— Je ne parlerais pas ainsi à toutes, mon enfant. L'incrédulité de l'époux est presque toujours un danger pour la foi de l'épouse et pour celle des enfants. Mais vous êtes une âme profondément croyante, intelligente et droite, vous êtes instruite au point de vue religieux, et il vous sera possible de le devenir davantage encore. Dans ces conditions, le péril sera moindre pour vous, et vous pourrez même espérer, à l'aide de vos exemples et de vos prières, faire du bien à votre époux.

— Ce sera tellement dur pour moi! dit-elle avec un soupir. Il doit être si bon d'avoir les mêmes croyances, les mêmes célestes espoirs!

— Hélas! ma pauvre petite enfant, je voudrais tant qu'il en soit ainsi! Réfléchissez, priez beaucoup surtout, Valderez. Voyez si vous pouvez vous habituer à la pensée de cette union. D'après ce que vous me dites du ton de la lettre de M. de Ghiliac, il paraît évident qu'il ne s'agit pour lui aussi que d'un mariage de raison. Il ne peut donc vous demander rien de plus, pour le moment, que la résolution de remplir tous vos devoirs à son égard et de vous attacher à lui peu à peu. Vous auriez une belle tâche près de cette enfant sans mère, et une autre, plus délicate, mais plus belle encore, près de votre époux. Tout cela doit être un encouragement pour vous, si rien, d'après les renseignements que vous recevrez, ne s'oppose à ce mariage.

— Et il faudra quitter mes pauvres petits! dit-elle d'une voix étouffée. Que feront-ils sans leur Valderez?... Mais non, je dis une sottise, personne n'est indispensable.

— Vous êtes tout au moins très utile, ma chère enfant; mais ils sont tous d'âge à aller en pension, et Marthe est très capable de vous remplacer. Et puis, ma pauvre petite, vous n'avez pas le choix! conclut-il avec un soupir. Retournez à votre tâche, et demain j'offrirai le saint sacrifice à votre intention.

Dieu seul, et un peu aussi le vieux prêtre, confident de son âme, connurent ce que souffrit en ces trois jours Valderez. Combien de fois envia-t-elle le sort d'Alice d'Aubrilliers, dont la lettre laissait voir à chaque ligne un tranquille bonheur, basé sur une sérieuse affection mutuelle!

Et comme un incessant aiguillon, il lui fallait entendre son père répéter: "Heureuse Valderez, tu peux dire que tu as eu les fées pour marraines!"; sa mère murmurer d'un ton extasié: "Ma future petite marquise!"; Marthe s'écrier cent fois le jour: "Oh! comment peux-tu hésiter? Moi, j'aurais dit oui tout de suite, tout de suite!"

Personne ne paraissait penser à la possibilité d'un refus. Et Valderez, le coeur serré par l'angoisse, songeait que rien, humainement, ne la sauverait de cette union.

La réponse de M. d'Essil arriva promptement. Il disait avec franchise tout ce qu'il savait sur Elie, ses doutes, ses inquiétudes, et aussi ses soupçons de qualités plus sérieuses que ne le faisaient penser les apparences.

M. de Noclare ne lut pas cette lettre à sa fille. Il passa sous silence ce qui était défavorable et s'étendit longuement sur le reste, insistant sur ce fait que la conduite de M. de Ghiliac ne laissait pas prise à la critique, et que, tout indifférent qu'il fût, il tenait à avoir une épouse très bonne chrétienne.

— Un indifférent! murmura Valderez avec tristesse.

— Eh! tu t'occuperas à le convertir, voilà tout! C'est déjà très bien de sa part de tenir à la religion pour sa femme. Cela doit t'encourager, je suppose?

Valderez, d'un geste inconscient, froissa ses mains l'une contre l'autre.

— Cela m'est dur, mon père! Je vous assure qu'il faut vraiment que nous soyons dans cette situation pour accepter un mariage dans ces conditions.

M. de Noclare bondit.

— Mais tu es folle à lier! A-t-on jamais idée d'une jeune fille pareille! Il n'y a pas à discuter avec toi, du moment où tu as de semblables raisonnements et une mentalité aussi extraordinaire. Je vais écrire à l'instant à M. de Ghiliac. C'est oui, n'est-ce pas?

Une dernière hésitation angoissa l'âme de Valderez. Elle murmura intérieurement: "Mon Dieu! s'il faut faire ce sacrifice, je le ferai, pour eux, et avec la volonté de remplir tout mon devoir envers "lui"." Alors, d'une voix ferme, elle répondit:

— Ce sera oui, mon père.

VI

M. de Ghiliac arriva quelques jours plus tard aux Hauts-Sapins. Valderez avait revêtu sa toilette du dimanche, une robe bleu foncé, d'une simplicité monacale, mal taillée par la petite couturière du village. Très pâle, les traits tirés par l'insomnie et les douloureuses incertitudes de ces derniers jours, elle se tenait assise dans le parloir, près de sa mère. M. de Ghiliac entra,

18

introduit par la vieille Chrétienne, dont le regard, sous les paupières retombantes, l'examinait des pieds à la tête. Il salua Mme de Noclare, s'inclina devant Valderez en prononçant une phrase de remerciement des mieux tournées. Puis, prenant la petite main un peu frémissante, il l'effleura de ses lèvres et y passa la bague de fiançailles.

La loquacité de M. de Noclare et l'extrême aisance mondaine du marquis vinrent heureusement en aide à Valderez, dont la gorge serrée avait peine à laisser échapper quelques paroles. M. de Ghiliac se mit à conter avec verve un petit incident de son voyage, qui mettait en relief un trait particulier du caractère comtois. De temps à autre, il s'adressait à Valderez. Elle lui répondait en quelques mots, singulièrement gênée devant ce causeur étincelant, qu'elle devinait si facilement railleur, intimidée aussi par ces yeux pénétrants et très énigmatiques dont elle rencontrait souvent le regard.

— Valderez, voici justement un rayon de soleil, tu devrais montrer à M. de Ghiliac le coup d'oeil qu'on découvre de la terrasse, dit tout à coup M. de Noclare.

— Si cela peut vous intéresser, monsieur?…

— Mais certainement, mademoiselle! répondit-il en se levant aussitôt.

Valderez jeta sur sa tête une capeline de drap brun, et le précéda vers le jardin. Dans l'allée principale, ils marchèrent l'un près de l'autre. Valderez, toujours en proie à cette insurmontable timidité, ne trouvait pas un mot à dire à ce fiancé si élégamment correct, si froidement courtois. Mais Elie de Ghiliac n'était pas homme à se laisser embarrasser, en quelque circonstance que ce fût. Il se mit à questionner Valderez sur les coutumes du pays, et la jeune fille, dominant sa gêne, lui répondit avec simplicité, dévoilant ainsi une intelligence très fine, très pénétrante, beaucoup plus cultivée que ne l'avait pensé probablement M. de Ghiliac, car il dit tout à coup, d'un ton où passait un peu de surprise:

— Je croyais que vous n'aviez jamais quitté ce petit coin de province, mademoiselle? Cependant, vous paraissez fort instruite…

— J'ai été élevée jusqu'à seize ans chez les Bénédictines de Saint-Jean, tout près d'ici, où les études sont poussées très fortement sous l'impulsion d'une abbesse remarquablement douée. Ici, dans mes rares moments de loisir, je travaillais encore… Mais il ne faudrait pas penser trouver en moi l'instruction moderne, si étendue, si variée, ajouta-t-elle avec un sourire, — sourire timide et délicieux, qui communiquait à sa physionomie un charme inexprimable.

— Oh! je n'y tiens pas, je vous assure! dit-il avec quelque vivacité. On bourre nos jeunes filles modernes de connaissances de toutes sortes, mais, bien souvent, que leur en reste-t-il?

Ils atteignaient la base de la terrasse. Lentement, ils gravirent les marches. La neige gelée craquait sous leurs pas. Elie s'accouda à la balustrade de pierre effritée et contempla longuement la vallée toute blanche, les sapinières couvertes de leur parure immaculée, les pentes rocheuses entre lesquelles se creusaient de profonds abîmes. Cette vue était d'une beauté austère, sous le pâle rayon de soleil qui jetait sur la neige de grandes taches étincelantes, et, des branches de pins abondamment poudrées, faisait jaillir des lueurs argentées.

— Ce pays est magnifique, mais d'aspect sévère, dit M. de Ghiliac en se tournant vers Valderez. L'existence doit être assez triste pour vous, ici?

— Je n'ai jamais eu le temps de m'en apercevoir. D'ailleurs, j'aime beaucoup mon pays, et la campagne, même en hiver, a pour moi un très grand charme.

— Arnelles vous plaira, en ce cas. Ce château est admirablement situé dans la plus jolie partie de l'Anjou; les environs en sont charmants. Vous pourrez y avoir quelques relations agréables. Les distractions mondaines vous font-elles envie?

Il adressait cette question presque à brûle-pourpoint.

Elle répondit spontanément:

— Oh! pas du tout! Je suis ignorante sur ce point, mais ce que j'en ai entendu dire ne m'a pas tentée. Je n'ai jamais désiré qu'une vie tranquille et occupée utilement.

Elie enveloppa d'un coup d'oeil rapide le visage aux lignes admirables, éclairé par la douce lueur du soleil hivernal qui mettait des reflets d'or foncé sur la magnifique chevelure relevée avec la plus extrême simplicité. Dans les yeux bruns si beaux, l'inimitable observateur pouvait lire une sincérité absolue.

— Vous avez raison, mademoiselle, et je ne puis qu'approuver d'aussi sages paroles, dit-il d'un ton sérieux. Je vois que Guillemette sera en bonne mains — ce qui lui a bien manqué jusqu'ici, paraît-il.

Paraît-il! Ce mot sembla un peu singulier à Valderez. Elle dit timidement:

— L'enfant m'accueillera-t-elle bien? Quel est son caractère?

— Je vous avoue que je n'en sais absolument rien! Je ne la connais pour ainsi dire pas, je ne peux donc vous renseigner à ce sujet… Ah! si, je me souviens d'avoir entendu dire, par ma mère, qu'elle était un peu morose, par suite de sa santé délicate, mais assez douce.

19

— Ainsi, vous ne la voyez jamais? dit-elle en levant les yeux vers le beau visage fier qui lui faisait face.

— Si, je l'aperçois quelquefois, lorsque je suis à Arnelles. Mais je ne m'en occupe pas; c'était jusqu'ici l'affaire de ma mère, ce sera maintenant la vôtre, puisque vous voulez bien accepter de porter mon nom.

Le ton était péremptoire et froid, il glaça la pauvre Valderez stupéfaite et effrayée devant cette complète indifférence paternelle. Il est probable que M. de Ghiliac s'aperçut de l'effet produit par ses paroles. Mais il ne daigna pas les atténuer. Changeant de conversation, il demanda, en jetant un coup d'œil sur la bague de fiançailles dont le magnifique diamant lançait des lueurs merveilleuses sous le soleil:

— Votre bague vous plaît-elle, mademoiselle? J'ai choisi selon mon goût, qui peut n'être pas le vôtre. En ce cas, dites-le-moi bien sincèrement.

— Oh! elle me plaît aussi, monsieur! D'ailleurs je ne me connais guère en bijoux.

Elle avait envie d'ajouter: "Cela m'importe si peu, en comparaison de tant d'autres questions angoissantes!"

— Les aimez-vous, mademoiselle?

— Je n'ai jamais songé à en désirer, je vous l'avoue.

— J'aurai le plaisir de vous en offrir. Mais j'aimerais à connaître votre goût.

— Choisissez au vôtre, je vous en prie, ce sera beaucoup mieux.

— Soit, dit-il, du ton d'un homme qui a adressé une demande de pure courtoisie, mais qui trouve qu'en effet la solution est entièrement raisonnable.

Ils quittèrent la terrasse. M. de Noclare et Marthe arrivaient au-devant des fiancés. Ensemble, ils revinrent au castel, dont M. de Ghiliac examina en artiste la vieille architecture. A l'entrée du salon, Valderez s'esquiva. Chrétienne souffrait aujourd'hui de ses rhumatismes; il fallait l'aider à confectionner le dîner, plus compliqué pour la circonstance.

Tandis que la jeune fille entourait sa taille d'un large tablier, Chrétienne, levant son visage penché vers le fourneau, dit d'un ton sentencieux:

— Tu as tort d'épouser ce beau Parisien, ma fille. Il n'est pas fait pour toi, vois-tu.

— Qu'en sais-tu, ma bonne? répliqua Valderez en essayant de sourire.

— Ce n'est pas difficile à voir. C'est sûr qu'il a une figure et des manières à tourner bien des cervelles, mais tu n'es pas de celles-là: il te faut quelque chose de plus sérieux. Il a beau être marquis et avoir des millions à ne savoir qu'en faire, ce n'est pas cela qui te donnera le bonheur… Et ce n'est pas cela non plus…

Elle désignait la bague qui étincelait au doigt de Valderez…

— … Ce n'est pas ton genre, ma pauvre, et j'ai bien peur que vous ne vous entendiez pas tous deux!

— Quel oiseau de mauvais augure tu fais là, ma pauvre Chrétienne! Espérons que tes fâcheuses prédictions ne se réaliseront pas.

Chrétienne hocha la tête en marmottant quelques mots. Elle avait l'esprit morose, "toujours tourné du mauvais côté," disait souvent M. de Noclare avec impatience, et le moindre événement était pour elle prétexte à prédiction sombre.

Mais, en la circonstance, Valderez n'était pas loin de penser que la vieille femme voyait juste. Elle sentait, sous les courtois dehors d'homme du monde dont ne se départait pas M. de Ghiliac, une froideur déconcertante.

Oui, il était en vérité le plus froid des fiancés. Pendant le dîner, il causa surtout avec M. de Noclare, de courses, de théâtre, de sports élégants, tous sujets chers à son futur beau-père et ignorés de sa fiancée. D'ailleurs, Valderez n'aurait pu soutenir une conversation suivie, car elle était obligée de surveiller la servante supplémentaire prise pour la circonstance. Deux ou trois fois, malgré le froncement de sourcils de son père, elle dut se lever pour suppléer elle-même à un manquement du service: mais elle le faisait avec une grâce si simple et si digne qu'elle restait, là encore, infiniment aristocratique et charmante.

M. de Ghiliac ne semblait s'apercevoir de rien. En véritable grand seigneur, qui sait s'adapter à toutes les situations, il était aussi à l'aise dans ce milieu appauvri que chez lui, entouré d'une domesticité attentive, qu'il savait très exigeant pour les moindres détails du service. Et il parut goûter autant le repas très simple, mais bien préparé, que les raffinements culinaires de son chef, un artiste qu'il payait d'une véritable fortune.

A un moment, ce fut Valderez qui changea son couvert. Il jeta les yeux sur la petite main si jolie de forme, mais brunie et un peu abîmée par les travaux de ménage; puis il les reporta sur la sienne, blanche et fine, soignée comme celle de la plus coquette des femmes. Un sourire se joua pendant quelques secondes sous sa moustache, tandis qu'une expression indéfinissable traversait son regard, qui effleurait rapidement le beau visage que la chaleur de la pièce, et surtout l'émotion, empourpraient un peu.

20

Il se retira presque aussitôt après le dîner, pour prendre le train du soir. Auparavant, il avait été décidé que le mariage serait célébré six semaines plus tard.

— Si tôt! avait murmuré involontairement Valderez.

Elle rougit sous le regard de surprise légèrement ironique qui se posait sur elle.

— Je serai fort occupé ensuite, c'est pourquoi je désirerais que notre mariage eût lieu le plus tôt possible, dit M. de Ghiliac. Cependant, si vous trouvez cette date trop rapprochée, nous la reculerons comme il vous plaira.

Mais déjà Valderez s'était ressaisie, elle songeait qu'il valait mieux, après tout, que l'événement inévitable ne traînât pas. Et la date demeura fixée comme le désirait M. de Ghiliac.

Ce singulier fiancé ne donna plus ensuite signe de vie que par l'envoi d'une quotidienne corbeille de fleurs — une véritable merveille qui faisait jeter des cris d'admiration à Mme de Noclare et à Marthe, tandis que Chrétienne hochait la tête en murmurant:

— En voilà de l'argent dépensé pour rien! Ferait-il pas mieux de venir voir sa promise, ce beau monsieur?

Valderez, à part elle, se disait qu'elle préférait qu'il en fût ainsi. Au moins, en ces derniers jours de sa vie de jeune fille, elle pouvait réfléchir en paix, s'encourager à l'aide de la prière et des conseils du bon curé, pour l'avenir tout proche, — l'avenir angoissant qui la mettrait sous l'autorité de cet étranger qu'elle souhaitait et redoutait à la fois de mieux connaître.

La corbeille arriva. Valderez, indifférente, regarda ses parents déployer les soieries, les fourrures, les dentelles, sortir de leurs écrins les deux parures, l'une de diamants, l'autre d'émeraudes…

— Tout cela est absolument sans prix! dit Mme de Noclare d'une voix étouffée par l'admiration. Voyez ce manteau de fourrure! Il est plus que royal. Et ce point d'Alençon!

— Eh! il peut payer tout cela à sa femme, et bien d'autres choses encore! répliqua M. de Noclare d'un ton où la satisfaction orgueilleuse se mêlait à l'envie. Te doutes-tu seulement, Valderez, quelle fortune représente cette corbeille?… Eh bien, tu ne regardes même pas! En voilà une fiancée! Qu'as-tu à rêvasser avec cet air sérieux!

— Je me demande, mon père, pourquoi M. de Ghiliac m'envoie toutes ces choses, puisque je dois vivre à la campagne.

— Ah! tu t'imagines cela? Eh bien! je ne le crois plus maintenant, car, à mon avis, tout ceci signifie que ton fiancé, s'étant aperçu que tu porterais comme pas une ces parures, te destine une existence plus brillante que tu ne le penses.

— Je ne le souhaite pas! dit-elle avec une sorte d'effroi.

— Bah! il faudrait voir, si tu en goûtais, petite sauvage! Tu ne te doutes pas de l'effet que tu produirais… Sapristi! Quel goût dans tout cela! Ah! il s'y connaît en élégance, celui-là! Tu seras à la bonne école pour faire ton éducation mondaine, ma fille. Et voyez donc comme il a choisi ce qui convenait le mieux au genre de beauté de sa fiancée! Ces émeraudes font un effet incomparable dans ta chevelure, Valderez!

Il posait sur le front de sa fille le délicieux petit diadème, tandis que Marthe entourait sa soeur des plis souples d'une soierie brochée d'argent.

— Oui, tu es faite pour porter de telles parures, ma chérie! s'écria Mme de Noclare avec enthousiasme.

Silencieusement, Valderez retira le diadème et le rangea dans son écrin, elle replia la splendide étoffe et s'en alla au grenier retirer le linge du dernier blanchissage.

Combien elle eût donné joyeusement tout cela en échange d'un peu d'affection, d'une sympathie réciproque!

Un court billet à son adresse accompagnait l'envoi de la corbeille. Cette missive était un chef-d'oeuvre de fine élégance, de délicate courtoisie et de froide convenance. M. de Ghiliac, il fallait le reconnaître de l'avouer à sa louange, ne cherchait pas à feindre des sentiments qu'il n'éprouvait pas.

Valderez se vit dans l'obligation de lui répondre. Elle avait d'ordinaire un style facile et charmant, mais cette fois, la tâche lui semblait au-dessus de ses forces. Pour ce fiancé réellement inconnu d'elle, son coeur restait muet, et son esprit fatigué se refusait à trouver quelques phrases suffisamment correctes.

Elle y gagna une atroce migraine, qui s'augmenta le lendemain d'une forte fièvre, et ce fut M. de Noclare qui dut répondre à son futur gendre en l'informant de l'indisposition de la jeune fille.

Très correct toujours, M. de Ghiliac envoya immédiatement une dépêche pour demander des nouvelles, et fit de même les jours suivants, jusqu'au moment où M. de Noclare lui télégraphia: "Valderez entièrement remise."

Aux Hauts-Sapins, la jeune fille entendait chanter sur tous les tons les louanges de son fiancé. Il est vrai que les Noclare ne pouvaient avoir à son égard qu'une très vive reconnaissance. Fort délicatement, il offrait à son futur beau-père une rente dont le chiffre inespéré transportait

M. de Noclare. En même temps que la corbeille, de superbes cadeaux étaient arrivés pour Mme de Noclare et pour Marthe, accompagnés d'un mot aimable. Certes, il était généreux, il devait même l'être au plus haut degré. Mais c'était là sans doute une qualité de race, bien facilitée par une immense fortune, et qui pouvait être compatible avec une entière sécheresse de coeur.

— Mon Dieu! faites que je puisse m'attacher à lui! priait Valderez à tout instant du jour. Faites qu'il soit pour moi un époux bon et sérieux.

Et, invariablement, elle le revoyait alors, causant avec son père de sujets frivoles, ou bien sur la terrasse, révélant à sa fiancée son indifférence paternelle. Quelle nature avait-il? C'était encore, pour Valderez, le mystère profond et redoutable.

* * *

Le marquis de Ghiliac arriva aux Hauts-Sapins l'avant-veille du mariage religieux. Il offrit à sa fiancée une photographie de la petite Guillemette, en lui disant qu'il venait de voir l'enfant au château d'Arnelles, où il avait été jeter un coup d'oeil sur les préparatifs faits pour recevoir la jeune marquise.

— Je lui annonce votre arrivée, ajouta-t-il. Je suis certain que vous allez transformer bien vite cette enfant un peu sauvage, dont les institutrices excessives ne se sont probablement pas donné la peine d'étudier la nature.

Valderez considéra longuement le visage enfantin, un peu maigre, aux grands yeux mélancoliques.

— Elle ne vous ressemble pas, sauf peut-être les yeux, dit-elle en regardant M. de Ghiliac.

— Non! c'est plutôt le portait de sa mère, répliqua-t-il d'un ton bref, avec un léger froncement de sourcils.

Ils se trouvaient tous deux seuls dans le parloir. Mme de Noclare, sous prétexte d'un peu de fatigue, était remontée dans sa chambre, M. de Noclare s'éternisait dans la recherche de papiers qu'il voulait montrer à son futur gendre. Ils avaient jugé, l'un et l'autre, que ces fiancés par trop corrects et cérémonieux ne pourraient que bénéficier d'un tête-à-tête.

M. de Ghiliac, prenant les pincettes, se pencha pour redresser une bûche qui s'écroulait, tout en disant:

— Vous verrez demain ma mère et ma soeur aînée, la vicomtesse de Trollens. Ma soeur Claude, à son grand regret, ne pourra pas venir d'Autriche.

— Mais elle m'a écrit une lettre si charmante, accompagnant un délicieux cadeau! Elle doit avoir une bien aimable nature?

— Oui! elle est tout à fait bonne et gracieuse, et je suis certain qu'elle vous plaira, beaucoup plus qu'Eléonore. Celle-ci réalise un type de femme moderne qui vous semblera un peu étrange. Elle est d'ailleurs fort intelligente, elle a un nom dans la littérature comme romancier et poète. N'avez-vous rien lu d'elle?

— Si, quelques vers, je m'en souviens.

— Eh bien! vous ont-ils plu?

Un peu d'embarras s'exprima dans les prunelles veloutées de Valderez.

— Je dois vous avouer que je ne les ai pas très bien compris, dit-elle sincèrement.

Il éclata de rire — de ce rire jeune, sans ironie, qui lui était peu habituel.

— Eh! c'est précisément la perfection du genre symboliste, cela! Vous êtes une profane, mademoiselle... et moi aussi, rassurez-vous. Nous avons à ce sujet, Eléonore et moi, de petites escarmouches, mais allez donc convaincre une femme pénétrée de sa supériorité intellectuelle, et qui voit, pour comble, son mari en extase devant ses plus nuageuses créations! Ce pauvre Anatole est le pire des sots.

Il paraissait très gai, aujourd'hui, et beaucoup moins froid, il semblait déployer tout le charme irrésistible de son esprit pour sa modeste petite fiancée, dont il s'occupait davantage cet après-midi. De temps à autre, son regard se faisait plus doux en se posant sur elle, sa voix prenait des inflexions enveloppantes, et Valderez, à la fois éblouie et troublée, songeait qu'après tout il ne serait peut-être pas si difficile de découvrir les bons côtés de sa nature et de s'attacher à lui.

— Nous n'avons pas encore parlé de voyage de noces, dit-il un peu plus tard. Préférez-vous que nous le fassions aussitôt après la cérémonie ou bien seulement après avoir passé quelques jours à Arnelles.

— J'aime mieux aller faire connaissance tout de suite avec votre petite Guillemette, si vous le voulez bien, répondit-il.

— Soit! Et nous partirons ensuite, pour où vous voudrez. Quel est le pays objet de vos préférences?

— Il me semble que j'aimerais tant l'Italie!

— Le voyage classique. Mais je suis moi-même un fervent de certaines parties de ce beau pays, et j'aurai grand plaisir à vous le faire connaître. Au passage, nous nous arrêterons à Menton afin que je vous présente à mes excellents parents, le duc et la duchesse de Versanges, qui y sont installés depuis un mois comme chaque année. Au retour de notre voyage, nous pourrons passer quelque temps à Cannes, où je possède une villa. Une croisière à bord de mon nouveau yacht, dont l'aménagement sera complètement terminé dans deux mois, vous sera peut-être agréable à cette époque, si vous supportez bien la mer! Puis nous reviendrons à Paris, où je dois avoir ma séance de réception à l'Académie vers la fin d'avril.

Elle l'écoutait, surprise et perplexe. Que devenait dans tous ces projets Guillemette, dont la santé délicate exigeait, avait-il déclaré naguère, le séjour continuel de la campagne?

Secrètement, elle s'effarait un peu de ce changement d'existence, la pauvre Valderez, qui n'avait jamais été plus loin que Besançon, et qui, dans sa parfaite ignorance d'elle-même, s'imaginait très inférieure à ce que pouvait attendre d'elle M. de Ghiliac.

Elle avait aussi un autre sujet de crainte: c'était sa future famille. La comtesse Serbeck, la seconde soeur d'Elie, le duc de Versanges, grand-oncle de M. de Ghiliac, et sa femme, lui avaient envoyé, avec leur superbe présent de mariage, un mot fort aimable. Mais celui qui accompagnait les cadeaux de Mme de Ghiliac et de sa fille aînée était banal et froid. C'étaient elles qui inquiétaient un peu Valderez. Elles les savait très mondaines, et elle avait la crainte que le choix de M. de Ghiliac ne fût pas vu d'un bon oeil par elles. Cependant, elles se dérangeaient toutes deux, en plein hiver, pour venir dans ce froid Jura, en dépit de toutes les incommodités du voyage et du séjour, quelque bref que fût celui-ci. Si elles eussent été très mécontentes, les prétextes ne leur auraient pas manqué pour s'abstenir d'assister au mariage.

Quelle figure ferait-elle près de ces femmes si différentes d'elle? Personnellement, leur opinion lui eût importé peu, mais elle avait maintenant le désir, tout nouveau, de ne pas déplaire à M. de Ghiliac.

— Vous me direz ce que je dois faire, n'est-ce pas, car je suis si ignorante de tous les usages mondains? lui demanda-t-elle le soir de son arrivée, comme il prenait congé d'elle après le dîner.

Il sourit, en rencontrant le beau regard timide.

— Très volontiers, si j'en vois la nécessité. Mais vous êtes trop grande dame d'instinct pour ne pas vous adapter aussitôt à toutes les circonstances.

Elle rougit légèrement. C'était le premier compliment qu'il lui adressait. Et le regard qui l'accompagnait mit un émoi inconnu au coeur de Valderez.

VII

"C'est un homme bien stupéfait et bien perplexe qui vous écrit, ma chère Gilberte. Je n'avais pas idée, en acceptant d'être l'un des témoins de votre filleule, de la surprise que me réservait cet Elie que vous avez eu raison de qualifier d'extraordinaire. Comment, voilà un homme qui me déclare ne pas vouloir, surtout, d'une jolie femme, et qui…

"Mais laissez-moi vous raconter tout par le menu. Nous arrivons donc aux Hauts-Sapins, cet après-midi, en traîneau, Mme de Ghiliac, Eléonore, Anatole de Trollens, le prince Sterkine et moi. M. de Noclare nous reçoit. Il a l'air transfiguré, vous ne le reconnaîtriez plus, et n'a d'yeux que pour son futur gendre. Nous entrons dans le salon. Elie présente à ses parents Mme de Noclare et sa fiancée. Ici, coup de théâtre. Nous avons devant les yeux la plus idéale beauté qu'il m'ait été donné de voir. Sapristi! ce qu'elle a changé, cette petite! Et une aisance de grande dame, bien qu'elle fût visiblement intimidée. Vous voyez d'ici la stupéfaction! Et vous devinez aussi les impressions de cette pauvre Herminie, dont la beauté, si bien conservée pourtant, ne peut pas lutter avec celle-là. Malgré toute sa science de femme du monde, elle n'a pu réussir à les dissimuler complètement, et le prince Sterkine m'a fort bien dit un peu plus tard:

"— Heureusement que Mme de Ghiliac n'a pas d'influence sur son fils, qui a toujours été le maître chez lui, et que cette délicieuse jeune marquise sera très aimée de son mari, car autrement je la plaindrais!

"Très aimée? Oui, cela devrait être. Mais la vérité m'oblige à dire qu'Elie n'a pas l'air d'un homme très épris. Et — chose plus étrange encore — la petite Valderez ne paraît pas non plus très fortement touchée par l'amour.

"Certainement ils se connaissent bien peu! Mais nous sommes habitués à voir Elie inspirer des passions sur la vue d'une simple photographie de lui. Dès lors, il me semble que cette petite fille aurait dû être éblouie et captivée dès le premier instant. Il est vrai qu'il paraît assez froid à son égard… Je me demande toujours, Gilberte, si nous avons bien fait de prêter les mains à ce mariage. Sa physionomie m'a semblé cet après-midi plus inquiétante que jamais. Je le regardais, pendant qu'il faisait la présentation de sa fiancée, et je voyais dans ses yeux cette expression d'amusement railleur, sur ses lèvres ce demi-sourire d'ironie énigmatique que je n'aime pas chez lui. Evidemment, ce dilettante se complaisait à voir les expressions différentes, mais toutes marquées au coin de la plus profonde surprise, que laissaient voir les physionomies de ses parents et de son ami, — la mienne aussi, probablement. Il n'ignore pas que sa mère va être follement jalouse de cette jeune femme, que sa soeur le sera aussi. Est-ce une satisfaction pour lui?

"Et va-t-il vraiment la confiner à Arnelles? Le prince Sterkine, comme nous nous organisions pour monter en traîneau afin de nous rendre à la mairie, chuchota à l'oreille d'Elie en passant près de lui:

"— Dis donc, mon très cher, quelle surprise! Cachottier, va! Voilà une jeune marquise de Ghiliac qui va faire sensation dans les salons de Paris.

"— Détrompe-toi, ma femme n'est pas destinée à mener cette stupide existence mondaine, répliqua Elie de ce ton bref qui indique qu'on lui fait une observation oiseuse.

"Cet excellent Sterkine en est resté un instant un peu abasourdi. Il est certain qu'avec Elie, on ne sait jamais trop où l'on en est. C'est l'être le plus déconcertant que je connaisse.

"Votre filleule est une enfant délicieuse, ma chère Gilberte, au moral comme au physique. Non, le mot enfant ne convient pas ici; c'est la jeune fille, la vraie jeune fille, qui a gardé toute sa candeur, toute sa délicatesse d'âme. Elie saura-t-il apprécier le trésor qu'il va posséder? Ce blasé, cet insensible se laissera-t-il toucher par cette grâce pure, par cette fraîcheur d'âme, par ce coeur que je devine très aimant, très sensible, et qu'il pourra faire si facilement souffrir? Le cerveau, chez lui, n'a-t-il pas étouffé complètement le coeur?

"Je vous avoue, mon amie, que je ne me défendrai pas d'un peu d'appréhension en les voyant demain échanger leurs promesses! Si la chose était à refaire... eh bien! je crois que cette fois je ne lui parlerais pas de Valderez!

"Maintenant, quelques détails sur la manière dont nous nous installons, pour ces vingt-quatre heures. Je suis logé aux Hauts-Sapins, Mme de Ghiliac et Eléonore iront coucher au château de Virettes, tout proche, que ses propriétaires ont mis à la disposition des Noclare. De même, Elie et le prince Sterkine.

"On a, pour la circonstance, arrangé rapidement, le mieux possible, les principales pièces des Hauts-Sapins, — aux frais d'Elie naturellement. Noclare ne m'a pas caché qu'il était à la veille d'une ruine complète quand est venue la demande du marquis de Ghiliac. C'était le salut pour eux, — et je soupçonne Valderez de s'être sacrifiée, tout simplement.

"Se sacrifier en épousant Elie! Voilà un mot qui sonnerait étrangement aux oreilles de bien des femmes, qu'en dites-vous, ma chère amie? — et en particulier à celles de Roberte de Brayles. Mais Valderez est d'une autre trempe. Si Elie ne l'aime pas sincèrement et sérieusement, elle souffrira, car je ne la crois pas femme à se contenter d'attentions passagères, de caprices de son seigneur et maître, — et elle sera sans doute incapable aussi de l'adorer aveuglément, dans ses défauts comme dans ses qualités, ainsi que d'autres feraient certainement.

"Vous le voyez, j'en reviens toujours à mes craintes. Je vais tâcher de causer seul quelques instants avec Elie, afin d'essayer de surprendre sa pensée véritable. Ce sera difficile, — pour ne pas dire impossible.

"Voici l'heure du dîner qui approche, il est temps que je vous quitte, ma chère Gilberte. La belle fiancée m'a chargé de tous ses souvenirs affectueux pour vous, Mme de Noclare aussi. Cette dernière, un peu surexcitée en ce moment, m'a paru moins languissante. C'est curieux, ce mariage ne semble lui inspirer aucune anxiété! Comme son mari, elle est complètement éblouie par Elie. Quel effrayant charmeur que cet homme-là! Moi-même, quand je ne réfléchis pas, je suis comme les autres, parbleu! Mais c'est égal, je ne lui donnerais pas ma fille avec autant de sérénité.

"Marthe est une fort gentille fillette, Roland, une jeune garçon charmant et bien élevé, il a le regard pur et profond de sa soeur aînée. Noclare m'a confié qu'il voulait être prêtre, mais qu'il ne le lui permettrait jamais. Il serait plus aise probablement qu'il devînt un inutile et une ruine morale comme lui?

"Allons, je finis, Gilberte. Après-demain, vous me reverrez et je vous conterai tout en détail, y compris les amertumes de Mme de Ghiliac, qui, entre parenthèses, devait avoir des soupçons quant au choix d'Elie, malgré la façon dont celui-ci nous a déclaré, à son retour des Hauts-Sapins: "Mlle de Noclare réalise tous mes souhaits et sera une mère parfaite pour Guillemette." Il fallait qu'elle eût une furieuse envie de connaître cette future belle-fille, pour venir à cette époque, dans ce pays, et se priver pendant vingt-quatre heures seulement de tout son luxueux confortable habituel!"

* * *

La soirée s'achevait. Le grand salon des Hauts-Sapins, meublé hâtivement, mais avec goût, orné de touffes de houx et de gui, présentait ce soir un aspect inaccoutumé. Depuis bien longtemps, il n'avait vu réunion semblable, le pauvre vieux salon, et il devait être tout aussi étonné que la jeune fiancée qui se trouvait, pour la première fois, en contact avec quelques-unes des personnalités les plus marquantes du milieu où elle allait vivre.

Valderez était vêtue ce soir d'une robe d'étoffe légère faite par une excellente couturière de Besançon et dont la nuance de coque d'amande pâle seyait incomparablement à son teint admirable. Près de la toilette d'une élégance très sûre que portait Mme de Ghiliac, près de celle,

24

plus excentrique, de Mme de Trollens, — toutes deux sortant de maisons célèbres, — celle de Valderez, simple pourtant; n'était pas éclipsée.

La jeune fille parlait peu. La belle marquise de Ghiliac, brune imposante au regard froid, l'intimidait beaucoup, Mme de Trollens, jeune femme d'allure décidée, très poseuse, lui déplaisait, comme l'avait déjà prédit M. de Ghiliac. Le vicomte de Trollens était quelconque. Seule la physionomie franche et douce du prince Sterkine lui était sympathique — sans parler, naturellement, de M. d'Essil, qu'elle connaissait et appréciait depuis longtemps.

Pendant la cérémonie du mariage civil, et pendant le dîner, elle avait fort bien eu conscience d'être de la part de tous l'objet d'un examen discret et incessant. Secrètement gênée par cette attention, elle réussit cependant à conserver son aisance habituelle, faite de simplicité charmante, avec une nuance de réserve à la fois timide et fière qui communiquait à sa beauté un caractère particulier.

M. de Ghiliac s'était montré éblouissant ce soir. Sa conversation avait littéralement ensorcelé les quelques amis des Noclare conviés au dîner, et le bon curé lui-même. Valderez l'écoutait avec un mélange de plaisir et d'effroi. Cet être étrange émettait des aperçus très profonds, des théories morales irréprochables; puis, tout à coup, un étincelant sarcasme jaillissait de ses lèvres, l'ironie s'allumait de nouveau dans ses yeux superbes, s'exprimait dans sa voix aux inflexions captivantes. Et la pauvre jeune fiancée, toute désemparée, ne savait plus que croire et qu'espérer.

Ils n'avaient pas eu, aujourd'hui, un seul instant de tête-à-tête. M. de Ghiliac ne paraissait à personne très empressé près de sa fiancée. Celle-ci retrouvait chez lui la froideur qui semblait avoir subi une éclipse, hier. Et son coeur se serrait de nouveau.

Vers onze heures, les hôtes des Hauts-Sapins se levèrent pour gagner leurs logis respectifs. Valderez, s'écartant un instant, alla redresser les tisons qui s'effondraient en projetant des étincelles. Elle eut un léger tressaillement en voyant tout à coup près d'elle M. de Ghiliac.

— Laissez-moi faire cela. Avec cette robe légère, c'est une imprudence.

En trois coups de pincettes, il écarta les tisons. Puis il se tourna vers la jeune fille:

— Voyons, que je vous complimente sur votre toilette, qui est charmante et vous rendrait plus jolie encore, si la chose était possible. Mais vous paraissez fatiguée, ce soir, vous n'avez presque rien mangé. Il faut aller bien vite vous reposer, ma chère Valderez.

Il parlait à mi-voix, d'un ton où passait une chaleur inaccoutumée. Elle leva sur lui ses grands yeux lumineux, qui reflétaient une timide émotion. Les cils bruns d'Elie palpitèrent un peu, quelque chose de très doux transforma son regard. Il se pencha, prit la main de Valderez et la baisa avec cette élégance inimitable qui le faisait appeler "le dernier des talons rouges". Mais ce baiser, cette fois, était plus prolongé que de coutume. Et quand Elie se redressa, Valderez, toute rose d'un émoi un peu effarouché, vit une expression inconnue dans les yeux sombres qui s'attachaient de nouveau sur elle.

Ce soir-là, quand elle se trouva seule dans sa chambre, elle sentit, sous l'appréhension de ce lendemain si proche, percer comme un bonheur imprécis, comme une aube d'espérance qui faisait battre son coeur.

VIII

"Une Noclare qui se marie un jour où la neige tombe a bien des chances d'être malheureuse en ménage."

La vieille Chrétienne marmottait ce dicton en se levant, au matin du jour qui devait voir s'accomplir l'union du marquis de Ghiliac et de Valderez de Noclare. Ce mariage n'était pas du tout dans les idées de Chrétienne, et celle-ci ne se faisait pas faute de recueillir les sombres présages qui devaient, selon elle, annoncer la destinée de la jeune fiancée.

Mme de Noclare vint présider à la toilette de sa fille. Mais, vaincue par la fatigue et l'émotion, elle dut se retirer bientôt afin de se reposer un peu avant le départ pour l'église. Marthe restait près de sa soeur, afin de l'aider dans les derniers détails de sa toilette.

— Là, te voilà prête maintenant, chérie. Que tu es belle, ma Valderez! Bien sûr M. de Ghiliac…

Un coup léger fut frappé à ce moment à la porte. Et Marthe, allant ouvrir, se trouva en présence de Mme de Ghiliac, dans la toilette sobrement élégante choisie pour ce mariage à la campagne.

— Puis-je voir votre soeur, mon enfant?

— Oui, entrez donc, madame! dit vivement Valderez en s'avançant vers sa future belle-mère.

Mme de Ghiliac lui tendit la main.

— Je viens d'apprendre, ma chère enfant, que madame votre mère avait dû vous quitter pour se reposer quelques instants, et je venais voir si vous n'aviez pas besoin de quelques conseils pour votre toilette.

— Que vous êtes bonne, madame! dit Valderez, d'autant plus touchée que l'attitude de la marquise avait été hier constamment froide et réservée. Je vous remercie de tout cœur, mais vous le voyez, je suis prête.

— Tant mieux pour vous si vous êtes exacte, car Elie ne peut supporter d'attendre.

Tout en parlant, elle se penchait et rectifiait un détail de la coiffure de la jeune fille. Ses lèvres se crispèrent un peu tandis que son regard, où passait une lueur brève, enveloppait l'admirable visage et rencontrait ces yeux bruns aux reflets d'or qui étaient faits pour charmer le cœur le plus insensible.

— Oui, ce sera bien ainsi, mon enfant… Et vous voilà sans doute bien triste de quitter votre famille pour partir avec un étranger?… car enfin, vous connaissez si peu Elie!

Sous ses cils abaissés, elle scrutait avidement la physionomie émue.

— Oui, et c'est bien ce qui m'inquiète, madame, car je voudrais remplir le mieux possible tous mes devoirs d'épouse; mais j'ignore presque tout de son caractère, de ses goûts, de ce qui peut lui plaire ou lui déplaire. Si vous vouliez me donner quelques conseils, m'indiquer quelques traits de sa nature…

Un léger frémissement courut sur le visage de la marquise, dont les yeux se détournèrent un peu du beau regard confiant et timide. Valderez vit, avec surprise, une expression de commisération un peu ironique apparaître sur la physionomie de Mme de Ghiliac.

— Ma pauvre petite, que me demandez-vous là? Des conseils pour vivre avec Elie? Mais je ne pourrais vous en donner qu'en vous enlevant des illusions… car vous vous en faites, certainement. Voyons, qu'appelez-vous vos devoirs?

— Mais… c'est d'aimer mon mari, de lui être toute dévouée, et soumise dans tout ce qui est juste, dans tout ce qui n'est pas en contradiction avec ma conscience…

Mme de Ghiliac l'interrompit avec un petit rire bref:

— Le dévouement et la soumission seront indispensables, en effet. Mais l'affection… Il sera bon de la modérer, en tout cas, mon enfant, si vous ne voulez pas souffrir, comme celle qui vous a précédée.

— Souffrir?… Pourquoi? balbutia Valderez.

— Parce que vous ne trouverez jamais d'attachement réciproque chez votre mari. Fernande en a su quelque chose, elle qui était passionnément éprise de lui, et, en retour, se voyait traitée avec une froideur dédaigneuse qui repoussait toutes ses manifestations de tendresse et s'irritait lorsqu'elle montrait quelque jalousie. Elie ne l'a jamais aimée; il l'avait épousée seulement parce que son rang s'assortissait au sien, et qu'elle s'habillait avec beaucoup de goût et d'élégance, ce qui était, à cette époque, de première importance à ses yeux, — mais je dois ajouter qu'il n'en est plus ainsi, et que, s'il vous a choisie, c'est précisément à cause de votre simplicité, de votre ignorance de toutes les vanités mondaines. Il veut une épouse sérieuse et suffisamment intelligente pour ne pas imiter cette pauvre Fernande, en gênant, par un attachement trop vif, l'indépendance absolue à laquelle il tient par-dessus tout. Mon fils a un caractère fort autoritaire, et, tout enfant qu'il était, personne n'a jamais pu faire plier sa volonté. Mais il est généreux, très gentilhomme toujours. Seulement, il est incapable d'affection, — j'en sais quelque chose moi-même. C'est un cerveau, voilà tout.

Elle parlait d'un ton tranquille et mesuré, où une amertume légère passa aux derniers mots. Valderez, un peu raidie, l'écoutait, ses yeux pleins d'angoisse fixés sur elle.

— Cependant, une femme aucunement romanesque ni sentimentale pourra être assez heureuse près de lui, continua Mme de Ghiliac. Il lui suffira d'accepter ce que son mari voudra bien lui accorder en fait d'attention, de ne jamais s'immiscer dans ses occupations ni s'inquiéter de ses absences et de ses voyages, comme le faisait Fernande. La pauvre femme n'avait réussi qu'à provoquer chez lui une antipathie toujours grandissante, à tel point que, pour éviter d'être dérangé par elle, il avait imaginé d'imprégner son appartement et jusqu'à ses voitures particulières de certain parfum d'Orient qui faisait se pâmer et fuir Fernande. Mais une femme sérieuse et raisonnable saura éviter ces maladresses qui lui aliéneraient complètement Elie. Elle saura comprendre son rôle près de lui, qui ne se décide à se remarier que dans l'espoir d'avoir un héritier, la naissance d'une fille ayant été pour lui une véritable déception qu'il n'a jamais pardonnée à l'enfant. Il ignore l'affection paternelle, tout autant que l'amour conjugal. J'aime mieux vous le dire franchement, mon enfant, puisque vous me demandez de vous éclairer sur lui. Je dois aussi vous avertir qu'il est un psychologue inimitable, ne voyant dans autrui que de curieux états d'âmes, d'amusantes complications de caractères. Après avoir scruté à fond tous les cœurs féminins plus ou moins frivoles dont il est l'idole, peut-être trouvera-t-il intéressant d'étudier votre jeune âme toute neuve, peut-être se plaira-t-il à y faire naître des impressions qu'il analysera ensuite subtilement dans un prochain roman. Avouez, mon enfant, qu'il serait douloureux pour vous de vous laisser bercer d'un rêve, de penser avoir conquis le cœur de votre mari, et de vous apercevoir enfin que vous n'étiez pour lui qu'un sujet d'étude, peut-être un objet de caprice, que son dilettantisme laissera de côté le jour où il en sera las.

Valderez, devenue très pâle, eut un mouvement de recul, en murmurant d'une voix frémissante:

— Mais alors… je ne peux pas l'épouser!… Je ne peux pas, dans des conditions pareilles…

— Et pourquoi donc, ma chère petite? Aviez-vous rêvé autre chose? L'attitude d'Elie a-t-elle pu vous faire croire qu'il en serait autrement?

Un observateur aurait perçu des inflexions inquiètes dans la voix de la marquise. Mais Valderez était toute à son émoi douloureux.

Soudainement, la brève petite scène de la veille, au moment où il prenait congé d'elle, se retraçait à ses yeux. Elle entendait la voix chaude aux intonations presque tendres, elle revoyait le regard d'ensorcelante douceur, elle sentait sur sa main la caresse de ce baiser. A ce moment-là, elle avait vu ses craintes s'évanouir presque complètement…

Et, d'après ce que disait Mme de Ghiliac, elle n'aurait été pour lui, déjà, que l'intéressant "sujet d'étude" dont il s'amusait à faire vibrer le coeur?

Oh! non, non, ce n'était pas possible!

Et cependant, comme tout ce qu'on lui apprenait là concordait bien avec la précédente attitude, si froide, de cet étrange fiancé, avec sa physionomie énigmatique et son sourire sceptique, avec son tranquille aveu d'indifférence paternelle! Comme tout cela, aussi, expliquait bien l'instinctive défiance éprouvée par elle à l'égard d'Elie de Ghiliac!

Elle murmura, en réponse à la question de Mme de Ghiliac:

— J'avais espéré que, peu à peu, l'affection naîtrait entre nous. Mais vous m'apprenez que M. de Ghiliac me refusera la sienne, et qu'il n'accepterait pas d'attachement de ma part…

Le beau visage, quelques secondes auparavant empourpré, se décolorait de nouveau. Les mots avaient peine à sortir des lèvres sèches de la jeune fille.

— Si, pourvu que cet attachement soit raisonnable et ne le gêne en rien. Je regrette de vous avoir émue ainsi, mon enfant, ajouta Mme de Ghiliac avec un rapide coup d'oeil sur cette physionomie altérée. Vous me semblez bien impressionnable, pauvre petite, et vous ferez bien de vous dominer sur ce point, car vous souffririez trop près d'Elie, très ennemi de la sensibilité. Croyez-en mon expérience, Valderez, faites-vous un coeur très calme, acceptez les quelques satisfactions qui seront votre lot, sans rêver à ce qui pourrait être. Elie sera un bon mari si vous restez toujours docile et sérieuse; il ne vous gênera pas beaucoup, car il résidera souvent à Paris ou voyagera au loin, et vous aurez une vie très paisible, très heureuse dans ce château d'Arnelles, qui est une merveille.

Les mots bourdonnaient aux oreilles de Valderez. N'était-elle pas en proie à un songe douloureux? Mais non, Mme de Ghiliac était là devant elle, très grave, visiblement sincère. Elle la prévenait par bonté, par compassion pour son inexpérience, elle qui avait eu sous les yeux l'exemple du premier mariage.

Mme de Ghiliac posa la main sur son épaule.

— N'y avait-il pas quelques rêves romanesques dans cette petite tête-là? dit-elle à mi-voix. Il m'étonnerait bien qu'il en fût autrement, car vous seriez la première femme qui ne serait pas, plus ou moins, amoureuse d'Elie. N'imitez pas Fernande, ma pauvre enfant, elle en a trop souffert. Gardez votre coeur, puisque lui ne vous donnera jamais le sien.

Du dehors, la voix de Marthe demanda:

— Es-tu prête, Valderez?

— Oui, nous descendons, répondit Mme de Ghiliac.

Et, prenant la petite main glacée sous le gant, elle ajouta à voix basse:

— Vous ne me garderez pas rancune, ma chère enfant, de vous avoir ainsi, sur votre demande, enlevé quelques-unes de vos illusions?

Quelques-unes! Hélas! où étaient ses pauvres petites illusions, ses timides espoirs!

— Non, madame, répondit-elle d'une voix tremblante. Je vous remercie, au contraire, de m'avoir éclairée d'avance sur le rôle que je dois remplir près de M. de Ghiliac. J'avoue qu'il n'est guère conforme à l'idée que je m'étais faite du mariage, et que si j'avais su…

Elle n'acheva pas, mais ses lèvres tremblèrent plus fort.

Mme de Ghiliac ne répliqua rien. Ouvrant la porte, elle sortit, suivie de Valderez. Quand toutes deux entrèrent dans le salon, un discret murmure d'admiration courut parmi ceux qui étaient réunis là. M. de Ghiliac, interrompant brusquement sa conversation avec le prince Sterkine et Roland de Noclare, l'aîné des frères de Valderez, enveloppa d'un long regard la jeune fiancée, si belle dans cette robe à longue traîne, qui accentuait l'incomparable élégance de son allure, sous le voile de tulle léger qui idéalisait encore son admirable visage. Puis il s'avança vers elle, lui prit la main pour la baiser…

27

— Qu'avez-vous? Vous êtes glacée!... dit-il vivement. Et vous semblez souffrante...

— Non, je vous remercie... un peu fatiguée seulement, répondit-elle, en essayant de raffermir sa voix, et en détournant les yeux.

Elle s'écarta pour saluer Mme de Trollens. Quelques instants plus tard, elle était assise, avec son père, dans le traîneau doublé de velours blanc et garni de superbes fourrures, qui était arrivé la veille aux Hauts-Sapins.

Pendant le trajet, M. de Noclare ne lui laissa pas le loisir de réfléchir, de coordonner ses pensées angoissantes. Il était agité par une exaltation orgueilleuse qui le rendait d'une loquacité intarissable sur son futur gendre et sa famille. Ce fut un peu comme une somnambule que Valderez entra, au bras de son père, dans la vieille petite église, décorée à profusion de fleurs venues du littoral méditerranéen. L'avant-veille, M. de Ghiliac avait informé son beau-père que deux de ses jardiniers de Cannes arriveraient le lendemain avec les fleurs nécessaires à l'ornementation du sanctuaire, dont ils assumaient la tâche. C'était le seul luxe de cette cérémonie — et c'était chose exquise que ces fleurs blanches, délicates et parfumées, voilant la décrépitude des murailles, couvrant l'autel, décorant le chœur et descendant, en une haie embaumée, jusqu'au prie-Dieu où s'agenouillait la jeune fiancée.

Mais Valderez ne voyait rien. La tête entre ses mains, elle jetait vers le ciel le cri d'angoisse de son cœur désemparé. Que faire? Si c'était vrai, pourtant? Si cet homme n'était que le froid dilettante, l'époux et le père odieux que les paroles de Mme de Ghiliac lui avaient dévoilé?

Et ce devait être vrai. Cette femme distinguée et visiblement intelligente ne se serait pas abaissée à des inventions, contre son fils surtout. D'ailleurs tout était si plausible! Dès le premier jour, il l'avait inquiétée. Quelle froideur, lors de leurs fiançailles! Comme il avait tenu à bien lui témoigner son indifférence! Il craignait probablement que, telle la première femme, Valderez ne s'attachât trop fortement à lui? Et cette raillerie si fréquente, ces lueurs d'indéfinissable ironie traversant son regard? Et... tout, enfin, tout, — jusqu'à son attitude de la veille, d'abord revenue à la froideur première; puis, le soir, se faisant tout à coup si enveloppante, si intime, pendant ce court instant où Valderez, pour la première fois depuis ses fiançailles, avait senti courir en elle une sensation de bonheur craintif.

Elle frissonna lorsque, en relevant la tête, elle le vit près d'elle, debout, les bras croisés.

Le curé apparaissait, précédé de ses enfants de chœur. A l'orgue, la fille du notaire de Saint-Savinien jouait un prélude dont le ton grave s'harmonisait avec les pensées anxieuses de Valderez. Un parfum un peu capiteux, s'exhalant de toutes ces fleurs, emplissait la petite église. Valderez sentait une sorte d'étourdissement lui monter au cerveau, il lui semblait que, devant elle, s'ouvrait un chemin très sombre, où elle allait s'engager en aveugle.

— Mon Dieu! Mon Dieu! que dois-je faire? priait-elle du fond du cœur.

Le curé commençait son allocution. Valderez l'écoutait comme en un rêve; mais cependant son esprit anxieux cherchait à saisir un mot qui l'éclairât dans sa détresse...

"Vous devrez, monsieur, aimer votre épouse comme Jésus-Christ a aimé son Eglise. Et qu'est-ce à dire? Jésus-Christ n'a-t-il pas aimé cette épouse mystique jusqu'à se dépenser tout entier pour elle? Ne veille-t-il pas chaque jour sur elle avec une tendre sollicitude? N'est-elle pas pour lui supérieure à toutes les richesses, plus belle que toutes les merveilles accumulées sur terre et dans les cieux par sa toute-puissance créatrice? Ainsi, monsieur, devrez-vous aimer celle qui va devenir devant Dieu votre compagne."

Presque involontairement, Valderez leva les yeux vers M. de Ghiliac. La tête un peu redressée, il regardait attentivement le curé, et aucune émotion ne se discernait sur ce visage hautain et calme. Probablement, le romancier étudiait ce type de prêtre rustique, tout en souriant au-dedans de lui-même de la naïveté de cet excellent homme qui l'engageait si bien à aimer sa femme, à l'aimer avec dévouement, à l'aimer, après Dieu, plus que tout au monde.

"Et vous, ma chère enfant, que devrez-vous faire, sinon vous attacher votre époux, comme l'Eglise l'est à son Divin Chef?... sinon lui être fidèle dans les persécutions et les traverses, dans la douleur comme dans la joie? sinon l'aimer fortement, chrétiennement, et vous tenir prête à tout lui sacrifier, hors ce qui a trait au salut de votre âme?"

L'aimer!

Mais, maintenant, elle ne l'oserait plus! La crainte d'être dupe, de ne trouver chez lui que la froide curiosité du psychologue et l'amusement du dilettante, la paralyserait toujours, mettrait en son cœur une continuelle défiance. Oh! pourquoi Mme de Ghiliac lui avait-elle dit?... Elle s'était si bien efforcée, par la prière et de sérieuses réflexions, de se préparer à ses nouveaux devoirs, d'envisager avec calme l'obligation de s'attacher à cet époux inconnu! Et maintenant, elle ne savait plus que faire, le doute et l'angoisse bouillonnaient dans son pauvre cerveau anxieux...

Et, cependant, si Mme de Ghiliac n'avait pas parlé, elle ne se serait pas défiée, elle aurait, tout simplement, donné son jeune cœur confiant...

"Que croire? Oh! que croire?" pensa-t-elle éperdument.

— Eh bien, Valderez?

M. de Ghiliac se penchait un peu, en murmurant ces mots d'une voix légèrement surprise. Valderez tressaillit en s'apercevant que le moment était venu de s'avancer vers l'autel.

Elle fit machinalement les quelques pas nécessaires, elle se plaça près d'Elie. Un nuage passait devant ses yeux, il lui semblait que les fleurs, les lumières dansaient une sarabande autour d'elle…

La voix nette de M. de Ghiliac, répondant un oui très bref et très résolu à la question du prêtre, l'arracha à cet état de demi-inconscience. Le curé demandait maintenant:

— Valderez de Noclare, acceptez-vous pour votre légitime époux Elie-Gabriel-Bernard de Roveyre de Ghiliac?

Dans l'église, le silence complet s'était fait. Valderez entendait battre son coeur à grands coups affolés. Une angoisse plus profonde l'assaillit, la fit frémir jusqu'au fond de l'être. Elle leva les yeux vers le prêtre, et le bon vieillard y lut une interrogation poignante. Sa pauvre petite brebis implorait son secours. Mais pour quel motif?

Valderez sentit se poser sur elle le regard de M. de Ghiliac. Autour d'elle, tous attendaient. Un moment encore, et l'on s'étonnerait de cette hésitation étrange…

D'une voix basse, un peu étranglée, elle prononça le mot qui l'unissait à Elie de Ghiliac.

C'était fini, elle était sa femme. Il lui prit la main pour y mettre l'anneau du mariage. Mais cette petite main, brûlante maintenant, tremblait si fort qu'il dut s'y reprendre à deux fois pour glisser l'anneau au doigt.

A la sacristie, tous remarquèrent la mine défaite de la jeune femme, et quand elle descendit l'étroite nef au bras de M. de Ghiliac, les chuchotements: "Comme ils sont beaux!" furent suivis de celui-ci: "Comme elle est pâle!"

M. de Ghiliac fit monter sa femme dans le traîneau, l'enveloppa de fourrures et s'assit près d'elle. Pendant le trajet, assez court d'ailleurs, de l'église aux Hauts-Sapins, ils n'échangèrent pas un mot. Valderez détournait un peu la tête pour échapper à ce regard qu'elle sentait peser sur elle, surpris et investigateur. Et son coeur battait toujours si vite!

[IX]

Valderez devait, toute sa vie, se rappeler ce déjeuner de noces. Alors que tout son être moral était brisé par une angoisse qui s'augmentait de minute en minute, il lui fallut causer, sourire et demeurer le point de mire de tous les regards, de toutes les attentions. Elle se sentait à bout de forces lorsque, le repas terminé, on se leva pour quitter la salle à manger.

M. de Ghiliac se pencha vers elle:

— Il est temps de vous préparer pour le départ, Valderez, dit-il à mi-voix.

Incapable de prononcer une parole, car sa gorge venait de se serrer tout à coup, elle inclina affirmativement la tête. Puis elle se glissa hors de la salle à manger et gagna le parloir.

Oh! se trouver seule enfin, loin de tous, loin de "lui" surtout, dont elle avait senti constamment l'attention portée sur elle, au cours de ce repas! Pouvoir réfléchir enfin… et se dire qu'elle avait eu tort, qu'elle avait commis une faute…

Car n'était-ce pas une faute d'avoir dit "oui", lorsqu'à ce moment même un insurmontable effroi d'emparait d'elle, tandis que le doute affreux de l'abîme moral existant entre son fiancé et elle s'implantait victorieusement dans son esprit?

Elle avait cédé à une sorte d'affolement, dû à la présence de tous ceux qui remplissaient l'église, à la crainte de l'effet que produirait la réponse négative, à la pensée de l'effrayante colère de son père et de toutes les conséquences d'un tel acte…

Elle avait dit "oui", et, par ce mot, elle avait tacitement promis d'aimer son mari. Elle devrait donc le faire, malgré tout, quel qu'il fût. Mais, comment y parviendrait-elle maintenant, avec cette défiance, cette terreur au fond du coeur?

Dans la pièce voisine, dont la porte était demeurée ouverte, un pas ferme et souple fit craquer le parquet. Valderez eut un frisson d'effroi à la vue de la silhouette masculine qui apparaissait. D'un mouvement instinctif, elle recula jusqu'au plus profond de l'embrasure de la fenêtre dans laquelle elle se trouvait debout.

M. de Ghiliac s'arrêta un moment. Une légère contraction passa sur sa physionomie. Puis il s'avança vers sa femme en disant d'un ton de froide ironie:

— J'ai vraiment l'air de produire sur vous l'effet d'un épouvantail, Valderez! Me serait-il possible d'en connaître la raison?

Une rougeur brûlante remplaçait maintenant, sur le visage de Valderez, la pâleur qui s'y était répandue tout à l'heure. Une sorte d'affolement passa dans son cerveau surexcité, bouillonnant d'angoisse et de doute. Emportée par un besoin de sincérité, elle dit d'une voix tremblante:

— J'ai commis une faute… J'ai compris que j'avais eu tort en cédant à la pression de mes parents, puisque je n'avais pour vous que de la crainte et aucune sympathie. Tout à l'heure, en entendant M. le curé parler des devoirs de l'épouse chrétienne, j'ai senti que je ne pourrais jamais… à votre égard…

Elle n'osait le regarder, mais elle parlait courageusement, en se disant qu'elle devait, en toute loyauté, lui faire connaître ses sentiments.

— Ah! ce sont ces petits scrupules de jeune personne pieuse qui vous tourmentent!… Parce que ce bon prêtre vous a dit qu'il faudrait aimer votre mari et que vous vous sentez incapable de remplir ce devoir? Rassurez-vous, je ne suis pas si exigeant que lui, et, puisque vous ne me faites pas l'honneur de m'accorder votre sympathie, je m'en passerai, sans vous en faire un crime, croyez-le bien.

Il prononçait ces mots d'un ton de froideur sarcastique, qui soulignait encore la désinvolture ironique de cette déclaration.

Valderez sentit courir dans ses veines un frisson glacé. En levant les yeux, elle rencontra un regard dont l'expression, mélange de raillerie, d'irritation, de défi hautain, était difficile à définir.

— Vous comprenez singulièrement le mariage! dit-elle en essayant de raffermir sa voix.

— Pardon, il n'est pas question de moi! Vous me faites l'aveu — fort peu flatteur, entre parenthèses — de l'éloignement que je vous inspire. Eh bien! la sagesse me commande de vous répondre comme je l'ai fait! Vous ne pensiez pas, j'imagine, que cette révélation allait me conduire au désespoir?

Oh! non, elle ne l'avait jamais pensé, pauvre Valderez! Mais elle ne s'était pas attendue non plus à cette ironie glacée après les paroles et le regard de la veille.

— …Et, quant à ma façon de comprendre le mariage, je ne sais trop si elle vaut moins que celle d'une jeune personne qui accepte de se laisser forcer la main pour épouser un homme qu'elle ne peut souffrir, et s'avise seulement après la cérémonie de prévenir son mari de ses véritables sentiments.

— Monsieur!

Un peu de rougeur monta au teint mat d'Elie.

— Je vous demande pardon si je vous offense, c'est vous-même qui venez de m'avouer…

— Que j'avais poussé trop loin l'obéissance filiale. J'espérais alors que la sympathie naîtrait entre nous, et j'étais bien résolue, croyez-le, à remplir tous mes devoirs. Mais j'ai compris, tout à l'heure, que j'avais eu tort, que je ne pourrais jamais…

— Un peu tard, il me semble? La chose est faite, nous ne pouvons y revenir… à moins de demander l'annulation de ce mariage… forcé.

— Oh! oui, oui!

L'exclamation était spontanée. Un pli d'ironie vint soulever la lèvre de M. de Ghiliac.

— Etes-vous donc assez héroïque pour considérer sans frémir ce que serait votre vie ici, après une rupture de ce genre?

Elle murmura d'un ton d'ardente souffrance, en abaissant ses longs cils dorés comme pour voiler son regard douloureux:

— Oh! ne comprenez-vous pas que j'aimerais mieux tout endurer, plutôt que d'avoir prononcé tout à l'heure ce mot qui nous unissait pour la vie!

M. de Ghiliac recula légèrement. Sa physionomie était devenue rigide et ses yeux tellement sombres qu'ils semblaient presque noirs.

— Devant une antipathie si bien déclarée, mon devoir de gentilhomme est de m'incliner, dit-il d'un ton glacé. Mais je ne veux absolument pas de rupture éclatante. Aux yeux du monde, vous demeurez la marquise de Ghiliac. En réalité, nous vivrons séparés, conservant chacun notre indépendance. Je vais avoir l'honneur de vous accompagner à Arnelles, où, je l'espère, vous voudrez bien, selon nos conventions, vous occuper de Guillemette. Maintenant, permettez-moi de vous rappeler que nous n'avons plus qu'un quart d'heure avant de quitter les Hauts-Sapins.

— Laissez-moi ici… ce sera beaucoup plus logique, dit-elle d'une voix altérée.

— Me faut-il vous remettre en mémoire le précepte: "La femme doit suivre son mari?" Je vous libère de toutes les obligations que vous croyez avoir à mon égard, sauf de celle-là.

Elle fit un pas vers lui en joignant les mains, avec un regard de supplication poignante.

— Je vous en prie, laissez-moi ici!

Il détourna un peu les yeux en répliquant froidement:

— Ma résolution, sur ce point, est inébranlable. Veuillez aller quitter cette toilette, je vous attends au salon.

Il ouvrit une porte devant elle. Valderez sortit du parloir et se dirigea vers l'escalier. Mais au bas des marches, elle dut s'arrêter, car ses jambes se dérobaient presque sous elle.

Une main se posa sur son épaule, la voix de son frère Roland murmura:

30

— Valderez, qu'as-tu?

— Un peu de fatigue, mon chéri. Ce ne sera rien.

— Quand te reverrons-nous, maintenant, ma Valderez? M. de Ghiliac te laissera-t-il venir souvent?

Il la regardait avec tendresse. C'était son frère préféré, car leurs natures, également délicates et droites, s'étaient toujours comprises.

Elle se pencha, et prit la main du jeune garçon.

— Prie pour moi, mon Roland, murmura-t-elle.

Elle se détourna et s'engagea hâtivement dans l'escalier, car elle sentait que les sanglots allaient l'étouffer. Et elle ne voulait pas qu'ils connussent sa souffrance, tous ces êtres pour qui elle s'était sacrifiée.

Elle savait maintenant que, sur un point du moins, Mme de Ghiliac avait dit vrai: Elie de Ghiliac n'était qu'un froid égoïste, dépourvu de coeur.

Et elle ne pouvait plus ignorer — il l'avait laissé entendre aussi clairement que possible — qu'il se souciait fort peu de l'attachement de sa femme.

Combien elle eût préféré des éclats de colère à cette ironie glacée, à ce sarcasme poli!

Et il aurait suffi cependant d'un mot — d'un seul mot dit avec quelque bonté, quelque indulgence à la jeune femme qui s'accusait franchement de son erreur, pour que s'évanouît le doute, et que se dissipât la crainte.

Mais maintenant!

Elle se déshabillait, se rhabillait machinalement. Quand elle fut prête, elle jeta un long regard autour d'elle, sur cette grande vieille chambre meublée du nécessaire, presque pauvre, où de pénibles soucis l'avaient assiégée, en ces dernières années, mais où elle n'avait jamais connu une souffrance dans le genre de celle qu'elle endurait en ce moment. Elle s'agenouilla devant le crucifix placé au-dessus de son lit, joignit les mains et implora:

— Mon Dieu! si j'ai commis une faute, ayez pitié de moi, considérez mon inexpérience et soutenez-moi dans la voie où j'entre aujourd'hui.

— Valderez, es-tu prête? M. de Ghiliac te fait prévenir qu'il est temps de partir, dit au dehors la voix de Marthe.

— Oui, me voici, ma chérie.

Oh! ce moment du départ! Hier soir, il lui était apparu moins angoissant. Mais aujourd'hui!…

Elle prit congé de tous les siens, en se raidissant contre sa douleur. Elle promit d'écrire souvent, très souvent…

— Et tu viendras nous voir, Valderez?… Vous le lui permettrez, Elie? demanda Mme de Noclare, qui considérait avec quelque inquiétude la physionomie très altérée de la jeune femme.

— Mais quand elle le voudra! Elle sera absolument libre de voyager à son gré! répondit M. de Ghiliac qui s'inclinait en ce moment pour prendre congé de sa belle-mère.

Pendant qu'il finissait de faire ses adieux à sa nouvelle famille, Valderez s'en alla en avant vers le vestibule. Elle semblait maintenant avoir hâte d'être hors des Hauts-Sapins.

— Ma fille, je prierai la Vierge pour toi. Je crois que tu ne seras pas toujours sur du velours dans ton ménage.

C'était Chrétienne, debout dans le vestibule, qui prononçait ces mots d'un ton prophétique.

Valderez se pencha et baisa les joues ridées de la vieille femme.

— Au revoir, Chrétienne. Oui, prie pour ta Valderez.

Et elle se hâta vers la cour, car les sanglots l'étouffaient maintenant.

En un quart d'heure, le traîneau qui transportait M. de Ghiliac et elle arrivait à la petite gare. En même temps qu'eux partaient Mme de Ghiliac, qui s'en allait à Cannes, les Trollens, M. d'Essil et le prince Sterkine, qui se dirigeaient sur Paris.

Elie installa sa femme dans le coupé retenu par lui, et s'étant informé si rien ne lui manquait, se mit à dépouiller le courrier que venait de lui remettre son valet de chambre. Valderez put donc pleurer silencieusement, le front appuyé à la vitre, en regardant disparaître, avec les silhouettes de ses chères montagnes, son passé de jeune fille, souvent sévère, mais adouci par la tendresse de ses frères et soeurs.

Et maintenant, elle se trouvait sous l'autorité de celui qui ne serait jamais pour elle qu'un étranger.

X

L'automobile de M. de Ghiliac roulait sur la route large et bien entretenue conduisant de la gare de Vrinières au château d'Arnelles. Valderez, un peu lasse, regardait vaguement le paysage charmant dont le marquis, assis près d'elle, lui indiquait au passage quelques points de vue. Le temps était aujourd'hui clair et doux, l'air vivifiant entrait par l'ouverture des portières dont Elie

31

avait baissé les glaces sur la demande de Valderez, qu'impressionnait désagréablement le parfum étrange émanant de l'intérieur de la voiture.

M. de Ghiliac s'était montré d'une irréprochable correction, il n'avait négligé envers Valderez aucune des attentions courtoises d'un homme bien élevé à l'égard d'une femme. Pendant le voyage, il lui avait fait apporter des journaux et des revues, avait causé avec elle des pays traversés, tous connus de lui, et, en arrivant à Paris où ils devaient passer une journée avant de gagner Arnelles, s'était informé si elle désirait y demeurer plus longtemps, — le tout avec une froideur polie, une indifférence parfaite qui donnaient bien la note des rapports devant exister entre eux.

Valderez avait refusé l'offre de son mari. Que lui importait Paris! Elle avait hâte maintenant d'être à Arnelles, de mettre fin à la corvée à laquelle s'astreignait M. de Ghiliac, de se trouver seule enfin, — seule devant sa nouvelle existence et devant la tâche consolante que lui réservait peut-être la petite orpheline qui l'attendait.

Brisée par une fatigue plus morale que physique, elle passa la journée à l'hôtel de Ghiliac, dans l'appartement qui avait été celui de la première femme. En dépit du temps relativement court des fiançailles, M. de Ghiliac l'avait fait complètement transformer, dans la note de luxe à la fois sobre et magnifique qui existait toujours chez lui. Et Valderez, qui n'avait jamais connu que les Hauts-Sapins ou les demeures relativement modestes des amis de sa famille, se sentait étrangement gênée au milieu des raffinements de ce luxe et des recherches inouïes d'un service assuré par une armée de domestiques admirablement stylés.

La jeune femme n'avait vu son mari qu'aux repas, pris en tête à tête. Avec tout autre que M. de Ghiliac, ces moments eussent été fort embarrassants. Mais lui possédait décidément un art incomparable pour sauver les situations les plus tendues, par une conversation toujours intéressante, et cependant indifférente, par une courtoisie qui ne sortait jamais des bornes de la plus extrême froideur. Aucune allusion, du reste, à ce qui s'était passé la veille. Il était évident que la question se trouvait enterrée pour lui.

…La voiture, quittant la route, avait pris une superbe allée d'ormes centenaires. Et le marquis dit tout à coup:

— Voilà Arnelles, Valderez.

Au-delà d'un vaste espace découvert se dressait une grille merveilleusement forgée, surmontée des armes des Roveyre. Le regard ravi de Valderez, traversant l'immense cour d'honneur, rencontra une admirable construction de la Renaissance, dont les assises, sur une des façades latérales, baignaient dans un lac azuré.

— Eh bien! cela vous plaît-il? demanda M. de Ghiliac qui l'examinait avec une attitude discrète.

— C'est magnifique! Et les descriptions que vous m'en avez faites restaient certainement au-dessous de la vérité.

— Tant mieux! J'aurais été au regret de vous causer une désillusion, dit-il de ce ton mi-sérieux, mi-railleur qui laissait toujours ses interlocuteurs perplexes sur ses véritables sentiments.

Ils gravirent l'un après l'autre les degrés du grand perron, en haut duquel se tenaient deux domestiques portant la livrée de Ghiliac; ils entrèrent dans un vestibule dont la royale splendeur fit un instant fermer les yeux de Valderez éblouie. Que ferait-elle dans cette demeure plus que princière? Oh! combien étaient loin — et regrettés — ses Hauts-Sapins, sa pénible tâche quotidienne, ses austères et chers devoirs près de sa mère et des enfants!

— Antoine, prévenez Mlle Guillemette que nous l'attendons au salon blanc. Et dites qu'on nous serve promptement le thé, ordonna M. de Ghiliac.

Il fit traverser à Valderez plusieurs salons, dont la jeune femme, de plus en plus éblouie, ne distingua que confusément les splendeurs artistiques, et l'introduisit dans une pièce plus petite, tendue de soieries blanches brodées de grandes fleurs aux teintes délicates, ornée de meubles ravissants, d'objets d'art d'un goût si pur, d'une beauté si parfaite que Valderez dut s'avouer qu'elle n'avait jamais songé qu'il pût exister quelque chose de semblable.

— Si cette pièce vous plaît, il vous sera loisible d'en faire votre salon particulier, dit M. de Ghiliac, tout en aidant la jeune femme à enlever sa jaquette. Jusqu'ici, bien qu'elle soit une des plus charmantes de château, elle a joué de malheur. Ma mère et Fernande n'ont jamais pu la souffrir; elles assuraient que ces tentures blanches étaient absolument défavorables à leur teint. Mais peut-être êtes-vous exempte de petites faiblesses de ce genre?

Elle répondit avec une tranquille froideur:

— En effet, je n'ai jamais eu le temps ni l'idée de m'occuper de semblables questions.

— Je vous félicite de cette haute sagesse. Mais ne craindrez-vous pas d'y voir apparaître le spectre de la duchesse Claude?

32

— Qui est cette duchesse Claude? demanda Valderez tout en s'approchant de la cheminée pour présenter ses mains glacées à la flamme qui s'élevait dans l'âtre, en dépit de la tiédeur répandue par les calorifères.

— Une de mes aïeules, ancienne châtelaine d'Arnelles. Belle, intelligente, énergique sous une apparence délicate, elle était l'âme du parti de ligueurs dont son mari était le chef. Ici se donnaient des fêtes magnifiques, dont la belle Claude était la reine incontestée. Parmi les invités, on remarquait une jeune personne laide et légèrement contrefaite, toujours fastueusement parée, qui était la cousine de la duchesse. Françoise d'Etigny, on ne sait par quelle aberration, s'était longtemps bercée de l'espoir d'épouser le duc Elie, un des plus beaux seigneurs de France. De là, dans cette âme aigrie et mauvaise, une jalousie féroce contre la duchesse Claude, — jalousie habilement dissimulée d'ailleurs.

"Mais un jour, Claude disparut. On la chercha longtemps; son mari, inconsolable, promit une fortune à qui lui ferait connaître le sort de sa femme. Cependant personne ne l'avait vue quitter le château; les hommes d'armes juraient tous n'avoir pas délaissé un instant leur poste. Et d'ailleurs, pourquoi cette jeune femme, très heureuse, très aimée, fervente chrétienne, épouse et mère tendrement dévouée, aurait-elle quitté volontairement son foyer? Le duc Elie fit fouiller le lac, les oubliettes, restes de l'ancien château fort, sur lequel s'éleva la demeure actuelle. Tout fut visité, bouleversé. Et la jeune duchesse resta introuvable.

"Elie de Versanges, fou de désespoir, se confina dans la retraite. Son cerveau se dérangeant peu à peu, il assurait que sa femme n'avait pas quitté le château et qu'elle gémissait dans quelque cachette inconnue en l'appelant à son secours. D'autre part, une femme de chambre prétendit avoir vu sa maîtresse apparaître vers la nuit, vêtue de la robe de brocart d'argent qu'elle portait le jour de sa disparition. C'était dans ce salon, qu'elle affectionnait particulièrement, et, d'autres fois dans la galerie à côté…"

Il s'avança et ouvrit une porte. Valderez, en s'approchant, eut une exclamation admirative.

— …Cette galerie est une des merveilles de la Renaissance et renferme des trésors d'art. Elle fut décorée par les ordres de François de Versanges, qui fit achever le château commencé par son père. Ce duc François était un homme dur, cruel, que l'on prétendait quelque peu magicien. En tout cas, il paraît qu'il avait un talent remarquable pour faire disparaître les gens gênants, sans qu'on pût jamais savoir ce qu'ils devenaient.

Valderez fit quelques pas dans la galerie, mystérieusement éclairée par le jour pâle traversant d'admirables vitraux. Elle s'arrêta devant le portrait d'une jeune femme, remarquablement jolie, portant un somptueux costume du seizième siècle, constellé de joyaux. A côté, sur un fond assombri, se dressait l'image d'un jeune seigneur de fière mine, dont la physionomie avait quelque ressemblance avec celle de M. de Ghiliac.

— La belle duchesse Claude et le duc Elie, dit le marquis en les désignant.

— Et que devint ce pauvre duc? demanda Valderez.

M. de Ghiliac eut un rire moqueur.

— Eh bien! ce veuf inconsolable finit tout simplement par épouser Françoise d'Etigny, qui avait pleuré avec lui en l'entourant, ainsi que ses enfants, des soins les plus dévoués. Quelques mois plus tard, son fils aîné mourait empoisonné. Seulement, la nouvelle duchesse avait cette fois agi avec maladresse, elle fut trahie par une femme en qui elle se confiait. Et tout aussitôt, on lui attribua, non sans raison, la disparition étrange de sa cousine. Se voyant découverte, elle se précipita dans le lac, de sorte qu'on ne put jamais savoir ce qu'il était advenu de la duchesse Claude. Et le duc Elie, complètement fou après toutes ces épreuves, se brisa la tête contre cette cheminée de marbre. Vous voyez qu'Arnelles a de tragiques souvenirs. N'aurez-vous pas peur du fantôme de la belle Claude, ou de celui de Françoise la maudite qui flotte parfois sur le lac?

— Oh! non! Nous avons aussi de ces légendes, et de plus terrifiantes encore, aux hauts6sapins. Mais je n'ai jamais songé à en avoir peur.

— Cela prouve que vous avez les nerfs bien équilibrés. Tant mieux pour vous! dit-il d'un ton léger.

Ils revinrent au salon. Au milieu de la pièce se tenait une frêle petite fille dont les boucles brunes entouraient un visage maladif éclairé par des yeux bleus superbes, mais craintifs et mélancoliques.

— Ah! vous voilà, Guillemette! dit M. de Ghiliac d'un ton bref. Approchez-vous et saluez votre mère.

Mais Valderez s'avança vivement, elle prit entre ses bras la petite fille dont elle baisa le front.

— Ma petite Guillemette, je suis si contente de vous connaître! Embrassez-moi, voulez-vous, ma chérie?

Les grands yeux de l'enfant, surpris et effarouchés, la considérèrent un moment. Puis les petites lèvres pâlies se posèrent timidement sur sa joue.

Et le coeur serré de la jeune femme se dilata un peu à la pensée de la tâche si belle qui l'attendait près de cette enfant sans mère.

Elle la remit à terre, et, prenant sa main, revint vers le marquis, demeuré debout près de la cheminée.

— Elle est tout à fait gentille, votre petite Guillemette, et je vais l'aimer extrêmement… Mais que dit-on à son père, ma mignonne?

Guillemette leva les yeux vers M. de Ghiliac, et Valderez remarqua dans ce regard d'enfant une expression à la fois craintive et tendre qui la frappa.

— Bonjour, mon père, dit une petite voix timide.

Il effleura d'une main distraite les boucles de l'enfant, en répondant froidement:

— Bonjour, Guillemette. Faites attention d'être toujours bien sage avec votre maman… Vous pouvez rejoindre votre institutrice, maintenant.

Le maître d'hôtel entrait, apportant le thé. Valderez demanda timidement:

— Ne permettrez-vous pas à Guillemette de demeurer un peu?

— Mais si vous le voulez! répondit-il d'un ton indifférent.

Tandis que Valderez ôtait ses gants, il lui dit, après avoir congédié du geste le maître d'hôtel:

— Puis-je vous demander de nous servir le thé?… si vous n'êtes pas fatiguée, toutefois?

Elle répondit négativement. Fatiguée, elle ne l'était pas au physique; mais moralement, sa lassitude était grande. L'atmosphère de cette demeure lui semblait tellement lourde! Et combien elle eût voulu se trouver loin de ce grand seigneur dont la courtoisie impeccable lui semblait une pénible ironie!

Elle servit le thé, puis elle essaya de faire causer Guillemette. Mais ce fut en vain; l'enfant semblait à peu près muette.

M. de Ghiliac, assis en face d'elle, laissait errer autour de lui son regard distrait, qui s'arrêtait parfois sur la jeune femme et l'enfant. Valderez ne pouvait s'empêcher de remarquer combien il était à sa place dans ce décor d'une aristocratique splendeur, au milieu duquel, pensait-elle, la très simple robe de voyage de la nouvelle marquise, et sa gaucherie, devaient produire un effet singulier.

— Laissez donc cette petite sotte, Valderez! dit-il tout à coup d'un ton impatienté. Vous n'arriverez pas à lui tirer deux mots de suite devant moi. Elle est vraiment d'une ridicule sauvagerie!

Sur ces mots, il se leva en posant sa tasse sur la table à thé.

— Voulez-vous me permettre de vous montrer votre appartement? Car j'aurai ensuite à m'occuper de ma correspondance, fort en retard.

Elle acquiesça aussitôt, et, prenant la main de Guillemette, le suivit au premier étage. Si elle n'avait eu en tête de si pénibles soucis, elle serait tombée en admiration devant l'escalier — une des principales merveilles de cette demeure, qui en contenait tant — et devant l'appartement qui lui était destiné, le plus remarquable du château, tant à cause de la vue délicieuse qui se découvrait de ses balcons, que de la délicate et artistique magnificence de sa décoration.

— C'était l'appartement de la belle duchesse Claude, dit M. de Ghiliac. Voyez, sur les meubles, au plafond, ces deux C enlacés. Ils rappellent sa devise: "Candidior candidis," plus blanche que les plus blanches choses, — qui fut aussi celle de la douce reine Claude de France, marraine de sa mère, dont le souvenir demeurait vénéré dans la famille. Si vous désirez apporter quelque changement à ces pièces, vous êtes entièrement libre, ainsi que de choisir, dans le château, tout autre appartement qui vous agréerait mieux. Vous êtes chez vous ici, ne l'oubliez pas.

Il était impossible d'être plus courtois — et de voiler plus élégamment un égoïsme absolu.

Lorsqu'il se fut éloigné, Valderez reprit ses tentatives près de Guillemette, et, cette fois, la langue de l'enfant se délia un peu. M. de Ghiliac devait avoir raison en prétendant que c'était sa présence qui intimidait prodigieusement sa fille.

— Pourquoi ne dites-vous rien à votre papa, ma chérie? lui demanda Valderez.

Les lèvres de Guillemette tremblèrent.

— Papa ne m'aime pas! murmura-t-elle d'un ton de désolation si navrante que Valderez en fut bouleversée jusqu'au fond du coeur.

Elle prit la petite fille sur ses genoux et l'entoura de ses bras.

— Qui vous fait croire cela, ma pauvre mignonne?

— Oh! je le sais bien! Frida me le dit, d'abord…

— Qui est Frida?

— C'est ma gouvernante autrichienne. Et puis, je vois bien que les autres papas ne sont pas comme lui. Mon oncle Karl embrasse souvent ses petites filles, M. d'Oubignies promène

34

Gaërane et Henriette en voiture, et il ne fronce jamais les sourcils quand il les voit entrer, ou quand il les rencontre dans le parc... Oh! je sais bien que papa ne m'aime pas du tout! murmura-t-elle avec un gros soupir.

— Et vous, chérie, l'aimez-vous?

L'enfant ne répondit pas, mais appuyant son front sur l'épaule de Valderez, elle éclata en sanglots. Et, lorsqu'elle fut un peu calmée, la jeune femme, à travers ses phrases décousues, comprit ce que souffrait cette âme d'enfant, livrée à des mercenaires plus ou moins dévouées, n'ayant à attendre, de la part de l'aïeule mondaine et froide, qu'une affection très superficielle, de la part de son père, une indifférence complète — et cependant, ayant au coeur, pour ce père presque inconnu, une tendresse ardente, comprimée et rendue craintive par la glaciale et dédaigneuse insouciance de M. de Ghiliac.

"Pauvre petite fille, je t'aimerai, moi!" songea Valderez en serrant l'enfant dans ses bras.

XI

M. de Ghiliac demeura huit jours à Arnelles. Il montra à Valderez le château, les jardins et le parc dans tous leurs détails, il lui fit faire des promenades, et quelques visites, forcément restreintes à cette époque de l'année qui avait vu s'éloigner les châtelains des alentours. Et, jugeant alors ses devoirs largement accomplis, il reprit le chemin de Paris, laissant Valderez un peu désorientée encore au milieu de cette immense et magnifique demeure, mais déjà attachée de toute son âme à sa tâche près de la petite Guillemette.

Un des premiers soins de la jeune femme fut de remplacer l'institutrice anglaise, qui lui déplaisait fort. M. de Ghiliac, à qui elle en avait parlé avant son départ, lui ayant déclaré qu'elle recevait de lui pleins pouvoirs pour tout ce qui concernait Guillemette, elle écrivit donc à l'abbesse du monastère où elle avait reçu son instruction, et vit arriver peu après une jeune Anglaise, sérieuse et distinguée, qui plut aussitôt à Guillemette et à elle-même. Parlant déjà couramment l'anglais, Valderez se mit en devoir d'apprendre l'allemand, afin de mieux surveiller Frida, la gouvernante, dans ses rapports avec l'enfant. C'était une occupation de plus, une diversion à ses pensées mélancoliques. Le travail seul, et l'accomplissement exact de tous ses devoirs pouvaient la sauver de l'ennui et de la tristesse trop profonde. Chaque matin, elle se rendait à la messe, puis elle allait visiter quelque indigent indiqué par le curé et lui porter le secours matériel, en même temps qu'une douce parole et quelque conseils discrètement donnés. Elle ne cherchait pas à nouer de relations. Les trois ou quatre personnes chez qui l'avait conduite M. de Ghiliac étaient venues lui rendre sa visite avec un empressement qui en disait long sur le prestige du nom que portait maintenant Valderez. Mais, malgré l'invitation pressante qui lui en avait été faite, et bien qu'une de ces familles au moins, les d'Oubignies, lui fût sympathique, elle n'était pas retournée les voir... A mesure que les jours s'écoulaient, elle se rendait compte que l'absence prolongée de M. de Ghiliac, l'exil dans lequel il confinait sa femme, excitaient en étonnement de plus en plus vif, et les commentaires plus ou moins bienveillants. Pour l'âme si délicatement fière de Valderez, c'était encore une amertume nouvelle et elle préférait demeurer dans sa solitude, loin de la curiosité de ces étrangers.

M. de Ghiliac ne donnait pas signe de vie autrement que par l'envoi fréquent de livres et de revues. C'était, du reste, pour Valderez, le meilleur moyen d'être au courant de l'existence de son mari. Revues purement littéraires comme revues mondaines citaient sans cesse le nom qui occupait une place de choix dans le monde des lettres et dans celui de la haute élégance. Ce fut ainsi qu'elle apprit l'apparition d'un nouvel ouvrage de son mari, un récent voyage de M. de Ghiliac en Espagne, où il avait été reçu en intime à la cour, et son séjour actuel à Pau. Elle n'ignora plus, désormais, que le marquis de Ghiliac, cavalier consommé, était un fervent du polo et de la chasse au renard. Elle put admirer aussi un étalon superbe acquis à prix d'or par Élie, qui était grand amateur de chevaux et possédait les plus beaux attelages de France. Et, en tournant la page, elle put le voir, lui, au milieu d'un groupe élégant photographié à une fête donnée par une haute personnalité russe habitant Biarritz.

Tout cela l'aurait convaincue — si elle ne l'avait été déjà d'avance — de l'abîme existant entre ce mondain adulé et elle, la modeste Valderez, qui ignorait tout de ces plaisirs où se complaisait son mari. Sa tristesse en devenait plus profonde encore, et, pour s'en distraire, elle multipliait les visites charitables, distribuant en aumônes la somme, énorme à ses yeux, trouvée dans un tiroir de son bureau et attribuées à ses seules dépenses personnelles, celles de la maison étant réglées par l'intendant du marquis. Pour elle-même, elle ne prenait que le strict nécessaire, et personne, dans le pays, n'était plus simplement vêtu. Cet argent, venant de "lui", de même que le luxe qui l'entourait dans cette demeure, lui étaient un poids très lourd. Etre obligée de tout lui devoir!... et penser même qu'aux Hauts-Sapins ils vivaient tous de ses libéralités!

Par moment, elle se demandait si elle ne rêvait pas, si bien réellement elle était devenue marquise de Ghiliac. De jour en jour, sa situation lui paraissait plus étrange, plus pénible à supporter. Pourquoi M. de Ghiliac avait-il eu cette cruauté inutile de l'enlever aux Hauts-Sapins!

Pour sa fille? C'était bien improbable, vu son insouciance. Y avait-il donc là, chez lui, question de méchanceté pure, peut-être de vengeance contre cette jeune femme qui n'avait paru rien moins qu'heureuse de porter son nom? Il était possible, aussi, qu'il eût voulu ainsi affirmer son autorité, et que, plus tard, bientôt peut-être, il autorisât Valderez à rentrer définitivement aux Hauts-Sapins, en emmenant Guillemette.

Mais, en attendant, elle souffrait. Et un mois s'écoula, sans qu'elle eût de nouvelles directes de M. de Ghiliac.

Un après-midi, le courrier lui apporta une lettre de M. de Noclare. Ce n'était qu'un long dithyrambe en faveur de son gendre, dont la royale générosité permettait de rendre aux Hauts-Sapins leur aspect d'autrefois.

"Ce que je ne puis comprendre, par exemple, c'est que tu n'aies pas accompagné ton mari à Pau," ajoutait-il. "Je crains, ma chère enfant, que tu n'opposes des goûts déplorablement pot-au-feu aux désirs d'Élie. Car il est bien certain qu'il ne demande pas mieux que de t'associer à sa vie mondaine — les splendeurs de ta corbeille le prouvent. T'imagines-tu, par hasard, le convertir à tes idées? Ce serait là une déplorable erreur, dans laquelle je t'engage à ne pas persévérer si tu ne veux t'aliéner ton mari."

En repliant la lettre, Valderez eut un sourire plein d'amertume. Elle n'avait pas parlé dans ses lettres aux Hauts-Sapins de la situation qui était la sienne. Ils la croyaient tous heureuse — et ils s'imaginaient qu'elle cherchait à faire du marquis de Ghiliac un époux pot-au-feu!

Un domestique apparut à ce moment, apportant le goûter de Guillemette, que l'enfant venait toujours prendre près de sa belle-mère — sa maman chérie, comme elle l'appelait déjà.

— M. le marquis vient de téléphoner qu'il arriverait demain matin, par le train de dix heures, et a donné l'ordre d'en prévenir madame la marquise, dit-il.

Cette nouvelle produisit chez Valderez une impression complexe. Certes, il lui serait pénible de le revoir, et sa présence ne lui procurerait qu'une gêne profonde; mais, d'autre part, aux yeux d'autrui, elle ne passerait pas pour une complète abandonnée.

Néanmoins, la perspective de cette arrivée lui donna une nuit d'insomnie, après laquelle, toutefois, elle se leva à l'heure matinale accoutumée pour se rendre à la messe. Elle s'en alla à pied, comme d'habitude, car jamais elle n'avait eu l'idée de faire atteler une voiture, le temps fût-il menaçant comme aujourd'hui, ces délicatesses étant tout à fait inconnues à la vaillante Valderez des Hauts-Sapins.

Au retour, elle alla visiter quelques indigents, et s'attarda chez l'un d'eux, vieux bonhomme paralytique qui n'avait plus que peu de temps à vivre et qu'elle essayait de ramener à Dieu. Quand elle sortit de la pauvre demeure, la pluie tombait à torrents. Elle se hâta vers le château, et y arriva complètement trempée, pour tomber juste, dans le vestibule, sur M. de Ghiliac, que l'automobile venait de ramener de la gare.

Il eut une légère exclamation:

— Mais d'où venez-vous donc ainsi?

— Du village. Je me suis un peu attardée, et…

— Du village? À pied par ce temps! En vérité, je…

Il s'interrompit en jetant un rapide coup d'œil sur les domestiques qui étaient là.

— Allez vite mettre des vêtements secs, Valderez, c'est le plus pressé.

— Oh! j'en ai vu bien d'autres, aux Hauts-Sapins! Et d'ailleurs, j'ai un manteau qui me couvre très bien.

Dans l'émotion et la gêne que lui causait sa vue, elle oubliait de lui tendre la main. Ce fut lui qui la prit, et la porta à ses lèvres.

— Montez vite… Je vous demanderai tout à l'heure des nouvelles de vos parents et de vous-même, dit-il.

Elle alla changer de toilette et s'attarda un peu dans son appartement. Le revoir le plus tard possible était tout son désir. Enfin, comme la demie de onze heures sonnait, elle se décida à descendre et gagna la bibliothèque, où elle s'installait généralement pour travailler. Cette sorte de galerie, décorée avec l'art merveilleux de la Renaissance, garnie de livres rares et de toutes les principales productions littéraires, lui plaisait extrêmement. Ses immenses fenêtres donnaient sur le lac, au delà duquel s'étendaient les jardins et le parc, qui, bientôt, sortiraient de la torpeur hivernale.

Valderez s'assit près de la haute cheminée, chef-d'œuvre de sculpture, où crépitaient joyeusement de grosses bûches, et prit un ouvrage destiné à une œuvre charitable. Ses journées se partageaient ainsi entre les travaux d'aiguille, les promenades avec Guillemette, les visites de charité et la lecture des bons auteurs représentés dans la bibliothèque d'Arnelles. Elle avait aussi repris l'étude du piano, commencée au couvent et presque abandonnée aux Hauts-Sapins, faute de temps. Musicienne d'instinct, elle avait passé, pendant le mois qui venait de s'écouler, des heures très douces dans le commerce des grands maîtres, et travaillait assidûment chaque jour afin d'acquérir le mécanisme qui lui manquait. Fort heureusement, elle avait un piano dans son appartement, car elle n'aurait osé utiliser ceux du salon de musique pendant le séjour de M. de Ghiliac, celui-ci ayant déclaré un jour, au cours de leur visite chez la baronne d'Oubignies, qu'il ne pouvait supporter les pianoteuses. Or, Valderez jugeait qu'elle n'était pas autre chose, près de lui surtout que l'on disait si remarquable musicien.

L'aiguille que maniait diligemment la jeune femme frémit tout à coup entre ses doigts. M. de Ghiliac entrait, suivi de sa fille.

— Guillemette m'a indiqué votre retraite, Valderez. Il faut avoir vos goûts sérieux pour vous tenir ici de préférence à d'autres pièces plus élégantes.

Il prit un fauteuil et s'assit en face de sa femme, tandis que Guillemette appuyait tendrement sa tête sur les genoux de Valderez.

— Comment vous trouvez-vous ici? L'air si pur des Hauts-Sapins ne vous manque-t-il pas trop? demanda-t-il d'un ton d'intérêt poli.

— Je ne m'en suis pas aperçue, jusqu'ici. Ce climat paraît excellent.

— On le dit. Mais il ne faudrait pas en annihiler les bons effets par des imprudences. Je me demande pourquoi la marquise de Ghiliac s'en va pédestrement, dans la boue des chemins, alors qu'elle a à sa disposition automobile, voitures et chevaux.

— Je vous avoue que je n'ai jamais admis, pour les gens jeunes et bien portants, la dévotion ni la charité en équipage.

— Soit, par un temps passable, mais aujourd'hui!… La simplicité et l'humilité sont choses exquises, mais peut-être seriez-vous disposée à les exagérer, Valderez.

— J'ai été accoutumée à une existence sévère et un peu rude, et je ne souffre pas de ce qui, pour d'autres, serait pénible, répondit-elle froidement, en détournant un peu son regard de ces yeux où elle retrouvait toujours la même lueur d'ironie.

— Evidemment. Mais vous vous habituerez vite à un autre genre de vie, et vous vous demanderez bientôt comment vous avez pu supporter l'existence des Hauts-Sapins.

— Oh! non, non! Rien ne me sera jamais plus cher que mon passé, et mes Hauts-Sapins où je voudrais tant être encore!

Ces mots s'étaient échappés involontairement, impétueusement de ses lèvres. Tout aussitôt, elle devint pourpre de confusion. M. de Ghiliac, lui, avait froncé les sourcils, et il serra un instant les lèvres, un peu nerveusement. Puis, s'accoudant au bras de son fauteuil, il demanda tranquillement:

— Avez-vous eu de bonnes nouvelles de tous les vôtres?

D'une voix dont elle s'efforçait de dominer le frémissement, Valderez parla de la santé de sa mère, un peu améliorée en ce moment, de son père qui rajeunissait, écrivait Marthe, des enfants qui obéissaient difficilement à la cadette. Puis elle demanda des nouvelles de Mme de Ghiliac, des d'Essil, des soeurs de M. de Ghiliac. Peu à peu, l'embarras de tout à l'heure s'atténuait, disparaissait. Elle n'avait pas jugé bon de relever les paroles de Valderez — preuve qu'il était décidé à ne pas revenir sur ce sujet, pour le moment du moins.

La jeune femme avait repris son ouvrage, M. de Ghiliac parcourait ses journaux. Et ces jeunes gens si beaux, cette petite fille tendrement blottie contre Valderez formaient un délicieux tableau de famille, dans l'atmosphère chaude de cette pièce superbe.

XII

M. de Ghiliac venait à Arnelles pour faire un choix parmi les manuscrits inédits qu'il possédait en grand nombre, mémoires et lettres de ses ancêtres, et en particulier de la belle duchesse Claude. Il lui était venu récemment à l'idée, ainsi qu'il l'apprit à Valderez, de les exhumer et de les faire connaître au public des lettrés.

Tous ses anciens papiers se trouvaient dans la bibliothèque, et M. de Ghiliac s'installa dans cette pièce pour faire ses recherches, seul, car, contre sa coutume, il n'avait pas amené de secrétaire. Valderez, voyant cela, s'abstint, dès le second jour, de venir y travailler. Mais le soir même, M. de Ghiliac lui dit, en l'accompagnant après le dîner dans le salon blanc:

— Je vous préviens, Valderez, que si ma présence doit vous faire changer quelque chose à vos habitudes, je me verrai dans l'obligation de repartir immédiatement pour Paris. Continuez à venir travailler dans la bibliothèque, sans aucune crainte de me gêner.

Elle reprit donc, le lendemain, sa place accoutumée, sans enthousiasme, car le tête-à-tête au cours des repas lui semblait déjà suffisamment pénible, malgré la présence de Guillemette et de son institutrice, acceptée sans observation par le marquis, quoique jusqu'alors l'enfant n'eût jamais paru dans la salle à manger.

Elie, de temps à autre, lisait à la jeune femme les passages les plus curieux des manuscrits qu'il examinait. Un jour, il lui montra l'un d'eux, dont l'écriture bizarre demeurait indéchiffrable pour lui, peu patient de son naturel. Valderez, après quelques efforts, réussit à le lire, et comme elle reparaissait dans des pages assez nombreuses, M. de Ghiliac lui demanda de copier celles-ci.

Elle se trouva donc ainsi associée à son travail, auquel, d'ailleurs, son intelligence si profonde et si fine s'intéressait fort. C'était sur ce terrain historique et littéraire qu'ils se rencontraient sans cesse maintenant. Elle semblait prendre plaisir à faire causer la jeune femme, à la guider dans ses lectures, — et cela avec un tact, un souci moral qui ne laissèrent pas que d'étonner le curé de Vrinières, lorsque Valderez lui apprit que M. de Ghiliac n'avait autorisé pour elle que la lecture de deux de ses romans.

— Voilà qui le montre beaucoup plus sérieux qu'on ne le prétend! Combien d'époux, même chrétiens, n'ont pas ce soin, cette délicatesse pour la jeune âme de leur compagne!

Cette nature singulière restait toujours une énigme pour Valderez. Mais si son coeur demeurait inquiet et profondément défiant, son esprit subissait le charme de cette intelligence éblouissante, de cette érudition toujours claire et élégante, de tout ce qui faisait l'attrait ensorcelant de la personnalité intellectuelle d'Elie de Ghiliac. Elle devait reconnaître que rien, chez lui, n'était superficiel, qu'il avait étudié sous toutes leurs faces les sujets dont il traitait et ne se hasardait jamais en hypothèses. De plus, ce mondain sceptique avait, sur bien des points de morale, une opinion que l'on n'aurait pas attendue de lui. Mais Valderez savait maintenant qu'un homme peut professer les théories les plus parfaites, sans se donner la peine de les mettre en pratique.

Oui, elle subissait quelque chose du charme d'Elie. Mais lorsqu'elle se trouvait seule, elle se sentait envahie par un malaise indéfinissable, en se disant qu'elle lui servait simplement de sujet d'étude, comme le prouvait le regard d'observation pénétrante qu'elle surprenait parfois fixé sur elle. Et la pensée d'être l'objet de cette froide curiosité intellectuelle lui était si affreusement pénible qu'elle l'eût portée à éviter des rapports aussi fréquentes, si le curé de Vrinières, son directeur spirituel, ne lui avait dit:

— Malgré tout, et quelle que soit l'attitude de votre mari, remplissez votre devoir qui est de vous rapprocher de lui autant qu'il vous y encouragera. Vous avez été fautive en lui montrant si ouvertement votre éloignement le jour de votre mariage. Votre excuse est dans votre inexpérience et dans l'affolement où les paroles pour le moins inconsidérées de votre belle-mère avaient jeté votre coeur très aimant et très droit. Malheureusement, l'attitude, les paroles de M. de Ghiliac sont venues aussitôt donner raison à ce qu'elle vous avait appris de lui. L'abandon dans lequel il vous a laissée pendant ce mois n'est pas fait non plus pour le réhabiliter à vos yeux. Mais enfin, vous êtes sa femme, et s'il se dispense de ses devoirs envers vous, il vous appartient de remplir les vôtres à son égard dans la mesure où il vous le permettra.

Valderez, suivant ces conseils, se faisait donc une obligation stricte d'accepter toujours lorsque son mari l'invitait pour une promenade à pied ou en voiture. Elle emmenait Guillemette, que son père paraissait considérer d'un oeil un peu moins indifférent. D'autres fois, il donnait à sa femme des conseils pour l'exécution de morceaux de musique, — car il avait reconnu chez elle un talent très délicat, un jour où il l'avait entendue jouer, dans le salon de musique, alors qu'elle le croyait parti pour Angers en automobile. Et lui-même se mettait souvent au piano qui résonnait parfois jusqu'à une heure avancée de la nuit, le musicien et celle qui l'écoutait étant également oublieux de l'heure dans l'émotion artistique communiquée par les oeuvres des maîtres.

Mais en tous ces rapports, aucune intimité ne se glissait. Valderez gardait une attitude timide et un peu raidie, que la courtoisie légèrement hautaine de M. de Ghiliac, ni son amabilité cérémonieuse, n'étaient faites pour modifier.

Par exemple, elle devait reconnaître qu'il s'attachait à réaliser les quelques désirs qu'elle laissait parfois paraître, et qu'elle ne ressentait pas les effets de cette volonté autoritaire qui s'exerçait si bien par ailleurs.

Parviendrait-elle jamais à le connaître, à savoir ce qu'il y avait de vrai dans les dires de Mme de Ghiliac? Hélas! ce qu'elle savait, en tout cas, c'est que cet homme étrange lui avait clairement démontré son épouvantable égoïsme et son manque de coeur dans cette scène des Hauts-Sapins dont le souvenir pesait si lourdement sur l'âme de Valderez! C'est qu'il ne cherchait toujours pas à se rapprocher d'elle, moralement, et la traitait en étrangère.

D'autre part, il semblait assez étonnant qu'il se privât des fêtes mondaines qui l'attendaient partout à cette époque de l'année, pour demeurer à la campagne. Les vieux manuscrits pouvaient facilement être transportés à Paris. Il n'y avait à cela qu'une explication: le romancier étudiait un type curieux de petite provinciale et s'y attardait quelque peu. Quand il l'aurait mis au point, il s'en irait vers d'autres cieux, vers d'autres études.

Et c'était cette pensée qui paralysait secrètement Valderez en sa présence, qui la faisait frémir d'angoisse lorsque les ensorcelantes prunelles bleues s'attachaient un peu plus longuement sur elle.

Il se montrait absolument respectueux de ses convictions religieuses, et quelques-unes de ses paroles auraient même pu faire penser qu'il n'était pas aussi incroyant que le démontraient les apparences. Mais, d'autre part, Valderez put mesurer son indifférence en matière de religion peu de temps après son arrivée, à propos de Benaki. Au cours d'une promenade dans le parc avec Guillemette, elle rencontra le négrillon qui trottinait dans une allée, vêtu de son petit pagne blanc sur lequel il jetait, pour sortir, une sorte de burnous d'un rouge éclatant. Valderez l'avait jusque-là à peine aperçu. Elle l'arrêta, lui parla avec bonté, l'interrogea sur ce qu'il faisait. Benaki, dans un français bizarre, raconta qu'il avait été victime d'une razzia opérée là-bas, dans son village africain dont il ne savait plus le nom, que ses parents avaient été tués et lui vendu comme esclave. M. de Ghiliac, qui voyageait par là, l'avait acheté. Depuis lors, Benaki était très heureux. Il passait ses journées dans l'appartement du maître, couchait devant sa porte, mangeait à sa faim, était parfois caressé et rarement frappé. Tout cela constituait, pour le négrillon, le summum du bonheur.

Mais Valderez, en poussant un peu plus loin ses interrogations, constata avec un serrement de coeur que cet enfant, dont M. de Ghiliac avait assumé, en l'achetant à ses ravisseurs, la charge morale et physique, ne recevait aucune éducation religieuse et n'avait qu'un culte au monde: son maître, qui était de sa part l'objet d'une véritable adoration.

Le soir même, dominant sa timidité et sa gêne, elle aborda ce sujet, tandis que M. de Ghiliac, après le dîner, arpentait en fumant le magnifique jardin d'hiver terminant les salons de réception.

— Pourriez-vous me dire, Elie, si Benaki a été baptisé?

Il s'arrêta devant la jeune femme assise près d'une colonnade autour de laquelle s'enroulaient d'énormes clématites d'un mauve rosé.

— Non, il ne l'a pas été. Je n'y ai pas songé, je l'avoue.

— Me permettez-vous de m'occuper de son instruction religieuse?

— Mais certainement! A condition que cela ne vous fatigue ni ne vous ennuie, naturellement?

— Ce sera, au contraire, un grand bonheur pour moi, en même temps que l'accomplissement d'un devoir, répondit-elle gravement.

— En ce cas, tout est pour le mieux, et je vous confie volontiers Benaki pour que vous en fassiez un bon petit chrétien.

Par hasard, l'ironie était absente de son accent. Et, dès le lendemain, Valderez vit arriver chez elle le négrillon, envoyé par son maître. Chaque jour, désormais, elle réserva un moment pour l'instruction religieuse de l'enfant, et en même temps commença à lui apprendre à lire, l'insouciance ou le dédain de M. de Ghiliac paraissant avoir été jusqu'à traiter, sur ce point-là encore, Benaki sur le même pied qu'Odin.

Les contrastes si déconcertants de cette nature étaient bien faits pour désemparer une âme même plus expérimentée que celle de Valderez. Le curé de Vrinières, à qui elle demandait ce qu'il fallait penser des oeuvres de son mari, lui déclara que, leur rare valeur littéraire mise à part, elles avaient encore une valeur morale réelle, car elles mettaient en jeu de nobles sentiments, fustigeaient le mal, laissaient paraître de hautes et belles pensées. Mais certaines s'enveloppaient de formes si osées qu'il ne pouvait autoriser une jeune femme inexpérimentée à les lire.

— Et l'on sent si bien qu'il lui manque le fil conducteur! ajouta le prêtre. Avec la foi, un tel écrivain produirait une oeuvre admirable et qui ferait tant de bien! Tandis que son talent, en admettant qu'il ne soit pas nuisible, — et il peut l'être pour certaines jeunes âmes, — n'a qu'un effet moral très atténué par le scepticisme qui perce trop souvent.

C'était, en effet, ce que constatait Valderez, en lisant les deux volumes signés du marquis de Ghiliac, dont la lecture lui avait été permise. Or, précisément, comme elle finissait le dernier, un peu avant l'heure du dîner, M. de Ghiliac entra dans le salon blanc, et, voyant le livre qu'elle tenait encore entre ses mains, demanda, tout en s'asseyant:

— Eh bien! que dites-vous de cela, Valderez?

Encore sous le charme du style étincelant et si fin, si français, elle répondit avec enthousiasme:

— Comme vous écrivez bien! J'ai fermé ce livre avec tant de regret!

— J'en suis infiniment flatté! dit-il d'un ton sérieux… Mais le reste?… le fond, les idées?

Elle rougit un peu en répondant cependant avec sincérité:

— Il y a des choses que j'aime beaucoup… et d'autres moins.

— Lesquelles?… Allons! dites-moi cela, tout simplement, comme vous le pensez! ajouta-t-il en remarquant son embarras.

Elle développa alors son idée avec une grande clarté et une entière franchise. M. de Ghiliac, accoudé à une table en face d'elle, l'écoutait attentivement.

— En effet, vos pensées sont très belles, beaucoup plus élevées que les miennes, dit-il, quand elle s'arrêta. Ce sont celles d'une chrétienne. Mais me croyez-vous capable d'atteindre à ces hauteurs?

Un sourire sarcastique entr'ouvrait ses lèvres. Quelque chose s'agita dans l'âme de Valderez, — une irritation, une souffrance, elle ne savait quoi. Détournant les yeux de ce regard où il lui semblait voir briller une sorte de défi, elle riposta froidement:

— Il serait, en effet, peut-être raisonnable d'en douter.

Il eut un rire moqueur.

— A la bonne heure, vous êtes franche! Et vous avez peut-être raison… Mais il se peut aussi que vous ayez tort. Qui donc me connaît, sait ce dont je suis capable? Qui donc? Mais pas même moi, je l'avoue!

L'entrée de Guillemette et de son institutrice vint interrompre cette conversation qui semblait glisser sur une pente jusqu'à ce jour inconnue entre eux. Mais à dater de ce moment, M. de Ghiliac s'avisa plusieurs fois de demander à Valderez son avis sur les oeuvres littéraires qu'il mettait entre ses mains, et, s'il lui arriva de discuter ses opinions, ce fut, cette fois, sans cette note sardonique qui avait impressionné visiblement la jeune femme.

XIII

Valderez venait de recevoir un mot de son amie Alice. Celle-ci ayant l'occasion de passer le lendemain par Angers, demandait à Mme de Ghiliac de lui envoyer une dépêche pour lui dire si elle pouvait venir la voir à Arnelles et lui présenter son mari, en même temps que faire connaissance avec M. de Ghiliac.

Certes, Valderez était heureuse à la pensée de revoir cette amie très aimée. Mais une sourde tristesse s'agitait en elle, car elle savait que la vue du bonheur conjugal d'Alice allait raviver la secrète blessure de son propre coeur.

Elle jeta les yeux sur la pendule. Il était tard déjà; elle n'avait que le temps d'aller communiquer ce billet à M. de Ghiliac, si elle voulait que la dépêche partît à temps. Et pour cela, il lui fallait aller le trouver dans son appartement où il travaillait aujourd'hui.

En même temps, elle profiterait de cette occasion pour lui adresser une requête que sa bonté, sa délicate charité lui avaient seules empêché de refuser. Tout à l'heure, elle avait reçu la visite d'une dame veuve, fort honnête personne, recommandée par le curé de Vrinières, et de son fils, qui briguait l'emploi de second secrétaire de M. de Ghiliac, le titulaire actuel étant sur le point de se marier à l'étranger. Louis Dubiet présentait les meilleures références, mais sa santé, à la suite de pénibles épreuves morales et pécuniaires, s'était altérée, et le pauvre garçon, déjà peu avantagé par la nature, avait fort triste mine dans ses vêtements propres mais râpés.

M. de Ghiliac l'avait éconduit lorsqu'il s'était présenté en solliciteur. Et maintenant, les malheureux venaient supplier la jeune marquise de parler en leur faveur, cette place de secrétaire, très bien rémunérée, devant être pour eux le salut.

Ils ne paraissaient pas douter que Valderez ne réussît à faire revenir son mari sur sa décision. Devant leurs instances, devant les larmes qu'elle vit dans les yeux de la mère, elle céda et promit, — bien qu'il lui en coûtât extrêmement de faire cette démarche qu'elle savait d'ailleurs par avance vouée à l'insuccès. M. de Ghiliac n'était certainement pas accessible à la pitié, ses décisions restaient toujours sans appel, et, de plus, il était inadmissible qu'un homme qui tenait tant à voir autour de lui l'harmonie et la beauté, acceptât ce pauvre être disgracié et minable.

Mais enfin, elle avait promis, il fallait tenir. Et la lettre d'Alice servirait d'introduction.

Elle se dirigea vers le cabinet de travail d'Elie, qui communiquait par un escalier particulier avec son appartement du premier étage. Elle n'était pas venue encore dans cette partie du château, et, un peu au hasard, elle frappa à une porte.

Sur un bref "entrez!", elle ouvrit et se trouva au seuil d'une pièce d'imposantes dimensions, décorée et meublée dans le style du plus pur seizième siècle. Des fleurs étaient disposées partout et exhalaient une senteur capiteuse qui se mêlait au parfum préféré de M. de Ghiliac et à l'odeur d'un fin tabac turc.

Elie, nonchalamment étendu sur une sorte de divan bas, fumait, les yeux fixés sur le plafond admirablement peint, aux angles duquel se voyaient les armes de sa famille. Il n'avait pas tourné la tête et sursauta un peu quand une voix timide dit près de lui:

— Pardon, Elie!…

Il se leva d'un mouvement si vif que le négrillon, qui somnolait sur le tapis, laissa échapper un gémissement d'effroi.

— Je vous demande pardon! Je croyais que c'était mon valet de chambre.

— Je regrette de vous déranger… mais je désirerais vous parler…

L'atmosphère chaude et saturée de parfums faisait monter soudainement aux joues de Valderez une rougeur brûlante. Et puis, il était si pénible de "lui" demander quelque chose!

— Vous ne me dérangez aucunement. Prenez donc ce fauteuil… Va-t'en, Benaki!

Le négrillon, encore somnolent, ne parut pas comprendre aussitôt. Son maître, quand il recevait de belles dames qui venaient lui faire des compliments, n'avait pas coutume de le renvoyer. Mais un certain geste bien connu vint accélérer sa compréhension, et Benaki se glissa hâtivement au dehors en se demandant pourquoi la jolie marquise, si bonne, le faisait mettre comme cela à la porte.

— Je suis tout à votre disposition, dit M. de Ghiliac en approchant un siège du fauteuil de Valderez.

— Je venais vous demander s'il ne vous déplairait pas de recevoir demain mon amie, Mme Vallet, et son mari qui vont venir jusqu'ici pour me voir et faire votre connaissance.

— Mais aucunement! Je serai au contraire charmé de les connaître. Invitez-les à déjeuner, à dîner et même à passer la nuit, si cela leur convient.

— En ce cas, je vais envoyer une dépêche à Alice. Elle me donne l'adresse de son hôtel à Angers.

— Il y a beaucoup mieux. Thibaut partira tout à l'heure pour Angers, où j'ai une course à lui faire faire. Donnez-lui un mot pour votre amie, il le portera à l'hôtel. Et prévenez Mme Vallet qu'elle n'ait pas à se préoccuper de prendre le train demain pour venir ici: j'enverrai une automobile les chercher tous deux à l'heure qu'elle indiquera.

— Je vous remercie, Elie! Ce sera beaucoup plus agréable pour eux, en effet… J'ai maintenant autre chose encore à vous demander…

Le malaise qui l'avait saisie à son entrée dans cette pièce augmentait. Ces parfums étaient intolérables… et jamais le regard d'Elie ne l'avait troublée comme aujourd'hui.

— Je serais très heureux de vous être agréable. Il s'agit de?

— D'un jeune homme qui sollicitait une place de secrétaire, un pauvre garçon maladif, mais très honnête, qui est venu me trouver tout à l'heure avec sa mère…

— Un nommé Louis Dubiet? En effet. Il m'apportait d'excellentes références au double point de vue moral et intellectuel, mais quel physique! Ce malheureux garçon semble sortir de la tombe, et vraiment je ne me soucierais pas d'avoir près de moi cette triste figure. Aurait-il imaginé d'en rappeler près de vous?

— Oui, sa mère et lui m'ont demandé d'essayer de changer votre résolution. Il est vrai que la mine et les vêtements du pauvre garçon ne préviennent pas en sa faveur, mais il a l'air si honnête! Avec une bonne nourriture et la tranquillité d'esprit, sa santé s'améliorerait certainement.

— Mais il conserverait toujours sa figure ingrate, et sa taille exiguë n'en grandirait pas d'un pouce pour cela.

— Oh! vous attachez-vous donc à si peu de chose? Qu'est-ce que cela, lorsqu'il s'agit de rendre service à un malheureux, de le sauver d'une détresse navrante? Essayez au moins, je vous en prie!

Ses grand yeux émus exprimaient une timide supplication, ses lèvres tremblaient un peu, car… Oh! oui, décidément, il lui en coûtait trop de solliciter quelque chose de lui!

Il se pencha et elle vit, tout près d'elle, étinceler son regard entre les cils foncés.

— Vous avez l'éloquence du cœur… et celle de la beauté. Je ne puis que m'avouer vaincu. J'accepte votre protégé, je vous promets d'être patient… et de ne pas le regarder.

Elle balbutia:

— Je vous remercie… Vous êtes très bon.

Un étourdissement la gagnait. Elle se leva en murmurant:

— Ouvrez une fenêtre, je vous en prie!

Il s'élança vers une porte-fenêtre et l'ouvrit toute grande. Elle s'avança et, s'appuyant au chambranle, offrit son visage à l'air frais et vivifiant.

— Je vais sonner votre femme de chambre pour qu'elle vous apporte des sels, dit la voix un peu inquiète de M. de Ghiliac.

Elle l'arrêta du geste.

— Oh! c'est absolument inutile! L'air suffira.

— Cette odeur de tabac vous a peut-être incommodée? J'ai la mauvaise habitude de fumer dans mon cabinet; mais j'aurais dû vous recevoir dans le salon à côté.

— Non, ce sont ces fleurs, ces parfums… Comment pouvez-vous vivre dans une atmosphère pareille?

— Je ne m'en aperçois pas, je vous assure! Du reste, j'ouvre généralement mes fenêtres. Mais aujourd'hui, j'étais dans mes jours de paresse, je m'engourdissais dans cette chaleur… Tenez, comme celui-là.

Il montrait du geste le lévrier étendu sur des coussins et plongé dans le sommeil.

— …Ce sont mes heures de nirvâna. Elles ne donnent pas le bonheur… mais le bonheur est une chimère. Prenons les fleurs de la vie, ne rêvons pas à d'impossibles paradis terrestres. Qu'en dites-vous, Valderez?

41

Son étourdissement se dissipait, elle se ressaisissait maintenant. Et elle avait hâte de s'éloigner. Jamais encore elle n'avait vu, dans le regard d'Elie, cette expression d'ironie provocante et douce.

— Je dis que l'engourdissement volontaire est toujours une faute, répondit-elle froidement. Quant à ne rechercher que les fleurs de la vie, c'est une conception bien païenne… Et les paradis terrestres n'existent plus.

— Je le sais bien! Et c'est dommage. La vie est tellement stupide, par le temps qui court! Un bon petit Eden me plairait assez. Il est vrai qu'il se trouverait des gens pour dire que j'en ai ici tous les éléments. Mais ce sont de bons naïfs, qui ne voient pas plus loin que le bout de leur nez.

Elle détourna les yeux et fit quelques pas au dehors, sur la terrasse.

— Si vous voulez rester quelque peu à l'air, je vais vous faire demander un vêtement, car vous risqueriez de prendre froid, surtout en sortant de cette pièce si chaude, dit M. de Ghiliac qui l'avait suivie.

— Non, je ne reste pas. L'étourdissement est passé maintenant; je vais aller écrire un mot pour Alice.

— Ne vous pressez pas, Thibaut attendra tant qu'il faudra. Quant à votre protégé, dites-lui de venir me trouver un de ces jours.

Elle murmura un remerciement et s'éloigna. M. de Ghiliac la suivit des yeux, puis rentra dans son cabinet. D'un geste impatient, il écarta le fauteuil où s'était assise tout à l'heure la jeune femme.

"Décidément, cette antipathie est irréductible! songea-t-il. Qu'a-t-elle donc contre moi? Je croyais n'avoir affaire qu'à un enfantillage d'enfant dévote, que des scrupules venaient assaillir, j'ai voulu l'en punir, — car c'était, après tout, fort mortifiant pour mon amour-propre, et de plus, je ne pouvais agir autrement à l'égard d'une jeune personne qui me déclarait l'impossibilité où elle était de m'aimer. Je pensais bien arriver, très vite, à lui faire changer d'avis et s'estimer trop heureuse que je veuille bien oublier les paroles prononcées par elle. Mais non! On croirait même, vraiment, que sa défiance à mon égard augmente encore! Et c'est pour cette femme qui me dédaigne que j'ai commis la première folie de ma vie, — une innommable folie, car enfin ce malheureux garçon me paraît à peu près mourant, et sa figure m'est désagréable au suprême degré. Mais comment résister à des yeux pareils… et à cette âme pétrie de charité et de bonté délicate? Pour moi seulement, elle est glacée, comme la neige dont elle a la blancheur. M'aimera-t-elle un jour? Mais cette situation ne peut se prolonger indéfiniment. Il faudra que nous en sortions, d'une manière ou d'une autre. Si, décidément, elle ne change pas d'attitude à mon égard, je tâcherai d'obtenir l'annulation de notre mariage. Tout au moins, je l'enverrai aux Hauts-Sapins, je n'en entendrai plus parler, je ne la verrai plus, cette créature qui me rend aussi stupide qu'un jouvenceau!"

Il se jeta dans un fauteuil, alluma une cigarette d'une main frémissante. Ses sourcils se rapprochaient, donnaient à sa physionomie une expression un peu dure.

"C'est égal, en voilà une qui, par hasard, a oublié d'être coquette, et dont, tout sceptique que je sois, je me vois obligé de reconnaître la simplicité candide. C'est sans doute pour cela que je lui fais peur. Elle me croit quelque noir démon. Eh bien! laissons-la à sa croyance, laissons ce flocon de neige à sa solitude, et nous, allons nous soigner ailleurs, mon bon Elie, car nous sommes vraiment un peu malade… et un peu fou," acheva-t-il avec un petit rire moqueur qui résonna dans la grande pièce où l'air froid du dehors dissipait maintenant les parfums capiteux.

***

Le lendemain, Valderez s'empressa, au sortir de la messe, d'aller porter aux Dubiet la bonne nouvelle.

Échappant, tout émue, à leurs ardents remerciements, elle revint vers le château, en passant par le parc. Elle marchait lentement, un peu songeuse. La neige, qui était tombée deux jours auparavant, craquait sous ses pas. Sur sa robe très simple, faite par elle et sa femme de chambre, elle portait une des fourrures de sa corbeille, ce vêtement dont Mme de Noclare avait dit, avec raison, que des reines pourraient l'envier. Une observation de M. de Ghiliac, qui s'étonnait de ne pas la voir s'en servir, avait décidé la jeune femme à le mettre parfois depuis quelque temps. Dans son inexpérience, elle ne se doutait guère de la valeur que représentait un pareil vêtement. Mais l'admiration de la vieille baronne d'Oubignies, qu'elle venait de rencontrer, ce matin, en sortant de la messe, les coups d'œil d'envie que, ces jours derniers, lui jetaient les dames de Vrinières, l'avaient quelque peu éclairée sur ce point. Sa simplicité, son éloignement de tout ce qui pouvait attirer l'attention s'en étaient émus; mais elle se trouvait obligée de porter quand même ce vêtement, tant qu'il ferait froid, M. de Ghiliac lui ayant déclaré:

— Je tiens à ce que vous vous en serviez le plus possible, le matin comme l'après-midi, car j'ai horreur des choses qui restent inutilisées.

42

A quoi Mme d'Oubignies, quand Valderez lui avait répété tout à l'heure ces paroles de son mari, avait ajouté avec un fin sourire:

— M. de Ghiliac a parfaitement raison. Et comme c'est lui qui a choisi cette fourrure merveilleuse, il veut se donner le plaisir de voir combien elle vous rend encore plus jolie.

L'air vif et froid de cette matinée d'hiver venait rafraîchir le visage de Valderez, fatigué par une nuit d'insomnie. Elle se sentait très lasse ce matin, et inquiète, et triste. Quelque chose avait passé sur elle, hier. Il lui semblait tout à coup que l'existence telle qu'elle était depuis un mois devenait impossible. Sa défiance, bien loin de diminuer, avait pris, depuis la veille, une acuité plus grande. M. de Ghiliac s'était montré à elle sous un aspect nouveau, et troublant entre tous. Une inquiétude profonde subsistait encore dans l'âme de Valderez, bien que, hier soir, elle l'eût retrouvé le même que de coutume, un peu plus froid encore peut-être.

Elle s'arrêta tout à coup, immobilisée par une intense surprise. Dans une allée du parc, M. de Ghiliac arrivait à cheval, tenant assise devant lui Guillemette toute rose de joie.

Quelques jours auparavant, il était entré inopinément dans le salon blanc, au moment où l'enfant nerveuse et facilement irritable se trouvait en proie à une de ces crises de colère assez fréquentes chez elle, et que Valderez n'arrivait à calmer qu'avec beaucoup de raisonnement et de patience. A l'entrée de son père, elle cessa aussitôt ses trépignements, et, toute tremblante, les yeux baissés, écouta la voix froidement irritée qui la condamnait à une privation de dessert et de promenade en voiture pour toute la semaine.

— Quelle influence vous avez sur cette enfant qui vous aime si profondément! dit Valderez à son mari lorsque la petite fille se fut éloignée.

D'un ton de surprise sincère, il répliqua:

— Elle m'aime, moi? Vous m'étonnez, car je n'ai rien fait, je l'avoue franchement, pour obtenir ce résultat.

— Elle s'en est bien aperçue, pauvre petite! Et elle en souffre tant!

Il ne parut pas accorder d'attention à ces derniers mots et orienta la conversation sur un autre terrain. Fallait-il penser cependant qu'il avait réfléchi, et un peu compris ses torts envers l'enfant.

En approchant de Valderez, il se découvrit, et dit en souriant:

— Voilà une petite fille que je viens de rencontrer dans le parc et d'enlever à miss Ebville. J'avais à lui faire certaine communication secrète dont elle se souviendra, je l'espère. Allons, Guillemette, descendons.

Il tendit la petite fille à Valderez et mit lui-même pied à terre. Tenant son cheval par la bride, il revint vers le château près de sa femme et de sa fille, en causant des hôtes attendus, après qu'il se fut informé avec sa courtoisie accoutumée de la santé de Valderez.

Quand Guillemette se trouva seule avec sa belle-mère, elle se jeta dans ses bras, riant et pleurant à la fois.

— Qu'y a-t-il donc, ma chérie?

— Papa m'a embrassée!… et il m'a appelée sa chère petite fille!

— Vraiment! Te voilà contente, j'imagine?

— Oh! oui, maman! Et pourtant papa m'a grondée aussi; il m'a dit que c'était très mal de vous faire de la peine en me mettant en colère, que je vous rendrais malade, mais que pour empêcher cela, il me mettrait en pension si je continuais, loin de vous, loin de lui!

Et à cette perspective Guillemette se mit à pleurer.

— Eh bien! ma petite fille, tu sais quel est le moyen d'éviter ce malheur, tu n'as qu'à l'employer, et alors ton cher papa t'aimera bien davantage encore. Maintenant, habillons-nous, car l'heure s'avance, et nos hôtes ne vont plus tarder à arriver.

M. de Ghiliac était le maître de maison le plus aimable qui fût, lorsqu'il le voulait bien. M. et Mme Vallet en firent ce jour-là l'expérience. Mais Alice, que le ton réservé, presque gêné des lettres de son amie avait frappée, ne se laissa pas complètement éblouir, comme son mari, par le séduisant châtelain. Plus sérieuse, et surtout connaissant mieux la nature de Valderez, elle eut aussitôt l'intuition que la jeune marquise, en dépit de toutes les apparences, n'était pas heureuse. Cependant, ne recevant pas de confidences, elle n'osa l'interroger, et partit inquiète le soir de ce jour, en coupant court aux paroles enthousiastes de son mari par ces mots prononcés d'un ton agacé:

— Oui, il vous a tourné la tête, à vous aussi, mon pauvre André! Mais je crains bien que ce beau monsieur ne soit en train de rendre malheureuse ma chère Valderez!

En revenant de reconduire leurs hôtes jusqu'à l'automobile qui les emmenait à Angers, M. de Ghiliac et Valderez s'arrêtèrent sur la terrasse. Cette soirée était merveilleuse, sans un souffle de vent. Dans le ciel dépouillé de ses nuages, les étoiles apparaissaient, et le croissant de la lune jetait une lueur légère sur les pelouses et sur les dômes des serres qui se profilaient au loin.

43

Valderez s'accouda un instant à la balustrade. Près d'elle, M. de Ghiliac s'était arrêté, les yeux fixés sur le délicat profil que laissait entrevoir l'écharpe de dentelle blanche dont la jeune femme avait entouré sa tête.

Un corps velu bondit tout à coup sur la balustrade, près de Valderez. C'était un chat noir, appartenant sans doute à quelque aide-jardinier. Valderez eut une exclamation d'effroi et, dans un mouvement répulsif, se recula si brusquement qu'elle se trouva dans les bras que son mari étendait d'un geste instinctif. Pendant quelques secondes, les lèvres d'Elie frôlèrent son front, et elle sentit sur ses paupières la caresse des moustaches soyeuses. Elle se dégagea hâtivement, en balbutiant:

— Pardon… ces animaux me produisent toujours une impression si désagréable…

Elle se dirigea vers le salon. Mais il ne la suivit pas, et demeura un long moment sur la terrasse, qu'il arpentait de long en large en fumant. Seule, dans le salon, Valderez avait pris son ouvrage. Mais l'aiguille faisait, ce soir, triste besogne. La jeune femme, nerveuse, agitée, se leva dans l'intention de remonter chez elle.

— Vous allez vous reposer?

Elie entrait, en prononçant ces mots d'une voix indifférente.

— Oui, je suis un peu fatiguée. Bonsoir, Elie.

— Permettez-moi de vous retenir une minute. Il faut que je vous annonce mon très prochain départ… pour après-demain.

— Vraiment! Vous vous êtes décidé bien vite!

— C'est mon habitude. Je hais les projets à longue échéance. Je vais passer quelques jours à Paris, et de là je partirai pour Cannes.

— Mais alors… Benaki… vous l'emmenez?

Un sourire d'inexprimable ironie vint entr'ouvrir les lèvres d'Elie.

— Ah! oui, c'est Benaki qui vous inquiète! Je l'emmène, naturellement. Son instruction religieuse va se trouver interrompue, mais vous la reprendrez plus tard. Il est très possible que je vous l'envoie cet été, si je mets à exécution le projet qui m'est venu d'une expédition au pôle Nord.

— Une expédition au pôle Nord! répéta-t-elle, les yeux agrandis par la surprise.

— Pourquoi pas? Si je réussis, ce sera une célébrité de plus; si j'y laisse mes os… eh bien! le malheur ne sera pas si grand, n'est-il pas vrai?

Il eut un petit rire sarcastique, en voyant Valderez détourner un peu les yeux, tandis que sa main ébauchait un geste de protestation.

— Je vous en prie, ne vous croyez pas obligée de me dire le contraire! Je préfère votre sincérité habituelle. Et quant à moi, croyez-vous que je ne regretterais pas de mourir là-bas, loin du monde, loin de tout. On dirait pendant quelque temps, dans les cercles élégants de Paris et d'ailleurs: "Ce pauvre Ghiliac, quel dommage! Un si bel homme! Un si grand talent! Une si belle fortune! Quelle folie!" Puis on n'oublierait comme on oublie toute chose. Vanité des vanités! Ce sera vrai jusqu'à la fin du monde. Bonsoir, Valderez.

Il prit la main qu'elle lui tendait, sans la baiser comme il en avait coutume, et sortit d'un pas rapide.

Valderez demeura un instant immobile, les traits un peu crispés. Puis, lentement, elle remonta chez elle, en sachant d'avance que, cette nuit encore, elle ne pourrait trouver le sommeil, car trop d'angoisses, trop de doutes et d'incertitudes s'agitaient en son esprit.

Et M. de Ghiliac, en gagnant son appartement, murmurait avec un sourire railleur:

— Ah! c'est Benaki qui l'inquiète!… Benaki seulement. C'est délicieux!

XIV

En cette chaude matinée de juin, Valderez revenait à pas lents par les sentiers du bois d'Arnelles en compagnie de Mme Vangue, la femme du médecin de Vrinières. Elle se trouvait depuis quelque temps en relations très suivies avec cette jeune femme, rencontrée au chevet des malades pauvres, que toutes deux visitaient. Le curé, discrètement, les avait rapprochées, en se disant que la société de cette personne distinguée et sérieuse, très bonne chrétienne, ne pouvait qu'être favorable à la jeune châtelaine d'Arnelles, tellement solitaire dans sa superbe demeure. La différence des positions ne les avait pas empêchées de sympathiser aussitôt, et c'était maintenant vers l'intimité que toutes deux s'acheminaient doucement.

Trois mois s'étaient écoulés depuis le départ de M. de Ghiliac. Cette fois, chaque semaine, il écrivait à sa femme, en lui envoyant soit un livre, soit un morceau de musique. Il lui donnait des conseils pour ses lectures et lui demandait de lui envoyer son avis sur tel ouvrage ou sur tel fait d'histoire. La correspondance, sur ce ton, était relativement facile entre eux, et Valderez, beaucoup moins gênée que dans ses conversations avec lui, montrait mieux ainsi, sans s'en douter, ses exquises qualités morales et des facultés intellectuelles fort rares. En retour, elle recevait de ces lettres comme savait les écrire M. de Ghiliac, petits chefs-d'oeuvre d'esprit et de style alerte qui eussent fait la joie des lettrés. Cette correspondance littéraire et des envois fréquents de fleurs, de fruits confits, de friandises diverses, tant qu'il avait été à Cannes, représentaient évidemment ce qu'Elie estimait être son devoir envers sa femme.

Elle avait pu admirer, dans une revue mondaine, sa merveilleuse villa entourée de jardins uniques, lire le compte rendu des fêtes de Cannes, Nice et Monte-Carlo auxquelles il assistait, et où brillait la belle marquise douairière. Plus tard, sa réception à l'Académie avait occupé toute la presse, tous les périodiques. Cette séance, de mémoire d'homme, n'avait pas eu sa pareille. On s'écrasait sous la coupole, et quand parut le récipiendaire, "tous les coeurs palpitèrent, tous les yeux ne virent plus que lui," ainsi que le déclara le chroniqueur d'une revue élégante.

Valderez lut et relut le discours d'Elie. C'était un morceau admirable, et elle comprit l'impression qu'il avait dû produire dit par lui avec cette voix au timbre chaud et vibrant, cette voix enveloppante qui était une harmonie pour l'oreille.

Elle répéta, ce jour-là, sans le savoir, une parole de M. d'Essil à sa femme en murmurant avec un frémissement d'effroi:

— C'est un effrayant enchanteur.

Quelque temps après elle apprit, à la fois par une lettre de son mari et par les journaux, le départ du marquis de Ghiliac pour une croisière en Norvège, à bord de son nouveau yacht. Il préludait ainsi, probablement, à son voyage au pôle Nord. Valderez put le voir, à cette occasion, photographié en tenue de yachtman, sur le pont du superbe navire dont on décrivait tout l'aménagement, digne de l'homme de goûts raffinés qui en était propriétaire.

Quand reviendrait-il à Arnelles? Valderez l'ignorait. La pensée de le revoir lui causait un insurmontable malaise. Et, d'autre part, cependant, cet abandon paraissait à tous incompréhensible et choquant. Valderez, à certains moments, se demandait ce que serait pour elle l'avenir. Ainsi que le lui avait dit un jour le curé de Vrinières, il était impossible que cette situation se prolongeât indéfiniment. Elle le comprenait maintenant. Mais de quelque façon que la résolût M. de Ghiliac, c'était la souffrance qui l'attendait à peu près inévitablement, songeait-elle avec un frisson d'angoisse.

La vue du docteur Vangue et de sa femme, si unis, si heureux dans leur médiocrité, lui inspirait de mélancoliques réflexions. Et en constatant la tendresse du docteur pour ses enfants, sa préoccupation de leur bonne éducation physique et morale, elle comparait involontairement avec l'insouciance paternelle du marquis de Ghiliac.

Cependant, il fallait convenir qu'il y avait sous ce rapport quelque amélioration. M. de Ghiliac dans ses lettres, s'informait de la santé de sa fille, de son caractère, et, quelque temps auparavant, il lui avait envoyé une magnifique poupée norvégienne que Guillemette, dans son ravissement, ne voulait plus quitter et embrassait tout le jour.

Valderez devait reconnaître qu'elle n'avait pas fait un pas dans la connaissance de la nature de son mari, que le sphinx demeurait impénétrable, plus inquiétant même que jamais. Dans son angoisse, quand son âme était profondément tourmentée par le doute et la souffrance, la prière seule pouvait ramener le calme et la résignation. La prière, la charité, sa tâche près de Guillemette, dont elle était ardemment aimée, c'était là sa vie. La seule satisfaction que lu procurerait cette position tant enviée de marquise de Ghiliac était de faire du bien autour d'elle. Les pauvres et les affligés du pays connaissaient tous la jeune châtelaine qui savait si bien donner, avec son or, quelque chose d'elle-même, de son coeur, de sa grâce charmante, et dont le sourire délicieux égayait les plus tristes intérieurs, en même temps que ses conseils à la fois fermes et si doux ramenaient au devoir bien des égarés.

Depuis quinze jours, Valderez n'avait pas reçu de lettres de son mari. Elle avait appris — toujours par les journaux — qu'il se trouvait maintenant à Paris, où il continuait se vie mondaine accoutumée. Une petite comédie signée de lui venait d'être jouée dans les salons d'un hôtel du Faubourg. Parmi les actrices, qui toutes portaient de vieux noms de France, elle vit la comtesse de Trollens et la baronne de Brayles. Ce dernier nom ne lui était pas inconnu. C'était celui d'une amie d'enfance d'Elie et Mme de Trollens, dont M. de Ghiliac avait parlé, au cours d'une conversation avec M. de Noclare, qui avait connu le baron de Brayles.

Evidemment, Elie ne reparaîtrait pas de sitôt à Arnelles. C'était la pleine saison mondaine. Et ensuite, si son expédition au pôle lui tenait encore à l'esprit, il s'occuperait de tout organiser à ce sujet.

Devant les deux jeunes femmes, dans le sentier du bois, Guillemette et son amie Thérèse Vangue couraient en jouant avec le chien du docteur, un gros loulou gris très fou. Celui-ci, tout à coup, quittant les petites filles, se mit à aboyer en s'élançant vers un sentier transversal.

— Oh! voilà Odin! cria Guillemette. Mais alors, papa!... Oui, le voilà, maman!

M. de Ghiliac apparaissait en effet, précédé de son lévrier et suivi de Benaki, — mais d'un Benaki transformé, car sa tenue de petit sauvage avait fait place à un costume à l'européenne.

Le saisissement de Valderez était tel qu'elle s'arrêta involontairement.

— Vous, Elie!… à cette heure! Mais il n'y a pas de train!

— Et pourquoi donc sont faites les automobiles? riposta-t-il en riant.

Reprenant soudainement toute sa présence d'esprit, Valderez lui tendit la main, le présenta à Mme Vangue, pour qui il était encore à peu près un inconnu, car elle l'avait aperçu seulement de loin, pendant ses séjours à Arnelles. La femme du docteur était fort prévenue contre lui, par suite de son étrange façon d'agir à l'égard de Valderez, qu'elle admirait et aimait. De plus, le châtelain d'Arnelles avait la réputation d'un être sceptique, moqueur, très froid et peu accessible au commun des mortels. Elle fut donc très étonnée de se trouver en présence d'un grand seigneur simple et affable, qui lui fit un délicat éloge de son mari, la complimenta sur la mine de santé de la petite Thérèse et enleva Guillemette entre ses bras pour l'embrasser en disant gaiement:

— Et toi aussi, quelle belle mine tu as, ma chérie! On voit que tu as une maman bien dévouée pour te soigner.

Ce tutoiement inusité abasourdit Guillemette, tout en faisant rayonner de joie son petit visage, maintenant presque toujours rosé.

Lorsque, après quelques minutes de conversation, Mme Vangue s'éloigna avec sa fille, elle était complètement sous le charme et déplorait que deux êtres aussi admirablement doués ne pussent parvenir à s'entendre.

— Maintenant, Benaki, viens saluer Mme la marquise, dit M. de Ghiliac en appelant du geste le négrillon demeuré à l'écart. Vous pourrez juger, Valderez, qu'il a fait de grands progrès. Dubiet — dont, entre parenthèses, je n'ai qu'à me louer — lui a appris à lire, et s'est occupé de son instruction religieuse. Il ne vous reste plus maintenant qu'à le faire baptiser.

Une lueur joyeuse vint éclairer les prunelles de Valderez.

— Oh! c'est très bien à vous, Elie, d'avoir fait continuer la tâche commencée! Oui, tu vas être baptisé bien vite, mon petit Benaki, ajouta-t-elle en caressant les cheveux crépus de l'enfant dont les bons yeux extasiés se levaient sur elle. Ainsi vous êtes content de ce pauvre Dubiet, Elie?

— Tout à fait satisfait. C'est un excellent garçon, et fort intelligent.

— Vous vous habituez à sa figure?

— Très bien. D'ailleurs il est moins maigre, et déjà paraît mieux. Puis, comme vous le disiez fort sagement, ces détails sont de peu d'importance… D'où venez-vous, ainsi?

Tout en parlant, ils s'avançaient dans le sentier. M. de Ghiliac, souriant au regard timidement radieux de l'enfant, l'avait appelée près de lui et la tenait par la main, comme un père très heureux de revoir son enfant après une longue absence.

— J'avais été avec Mme Vangue visiter une pauvre famille. En revenant, nous flânions un peu pendant que les enfants s'amusaient.

— Cette jeune femme paraît charmante. Mais elle n'est pas tout à fait de votre monde.

— Pas de mon monde! Je vous avoue que cette considération ne m'empêche pas de traiter en amie cette personne très distinguée, moralement et physiquement.

— Ne voyez pas dans mes paroles un reproche, je vous en prie! dit-il vivement. C'était une simple remarque, et je vous approuve absolument. Vous avez en effet l'âme trop noble pour tomber dans des petitesses de ce genre.

Une légère rougeur monta au teint de la jeune femme. La voix d'Elie venait d'avoir des vibrations graves qu'elle ne lui connaissait pas.

— Avez-vous fait d'autres relations, maintenant que les alentours commencent à se peupler? interrogea-t-il au bout d'un instant de silence.

— Non… J'ai vu seulement deux fois Mme d'Oubignies, une fois Mme des Hornettes. Je ne tiens pas du tout à en faire d'autres…

Elle rougissait de nouveau. Elle ne pouvait lui dire, en effet, que la situation où la mettaient ses absences et son abandon lui rendait infiniment pénibles ces rapports avec des étrangers dont elle devinait la curiosité avide.

Comprit-il sa pensée? Ses sourcils s'étaient froncés, un pli se forma pendant quelques instants sur son front.

— Va jouer avec Benaki, cours un peu, ma petite fille, dit-il en lâchant la main de Guillemette.

Son regard suivit pendant quelques instants l'enfant qui entraînait le négrillon, dans une course folle derrière Odin. Puis il se tourna vers Valderez.

— Si vous n'aimez pas le monde, vous allez peut-être vous trouver très malheureuse maintenant? dit-il d'un ton mi-sérieux, mi-ironique. A la fin d'août commenceront, pour se continuer jusqu'à la fin de la saison des chasses, nos séries d'invités à Arnelles. Vous aurez à faire là vos premières armes de maîtresse de maison…

Elle ne put retenir un mouvement d'effroi.

— Moi! Vous plaisantez! Comment voulez-vous?… Je serais absolument incapable…

Elle savait, en effet, par ce que lui en avaient dit Mme d'Oubignies et la femme du notaire, ce qu'était la saison des chasses au château d'Arnelles: une suite ininterrompue de réceptions fastueuses, de distractions mondaines, de sports en tous genres, qui réunissaient à Arnelles la société la plus aristocratique et la plus élégante.

— Ce n'est pas du tout mon avis, riposta-t-il tranquillement. J'ai constaté que vous étiez une remarquable maîtresse de maison, que la domesticité était conduite par une main très ferme, que tout marchait à merveille dans votre intérieur. Il en sera de même, j'en suis persuadé, lorsque nos hôtes seront là. D'ailleurs, le maître d'hôtel, le chef et la femme de charge vous faciliteront bien votre tâche par l'habitude qu'ils ont de ces réceptions. Ma soeur Claude qui viendra passer, je l'espère, deux mois près de nous, vous aidera de très bon coeur, et pour les petits détails de code mondain qui vous gêneraient, je serai toujours à votre entière disposition.

Elle le regardait avec un si visible effarement qu'il ne put s'empêcher de rire.

— Voyons, Valderez, on croirait que je vous raconte la chose la plus extraordinaire qui soit?

— Mais en effet! Je ne connais rien du monde, je ne saurai pas du tout recevoir vos hôtes…

Il rit de nouveau.

— Oh! cela ne m'inquiète guère! Vous êtes née grande dame, et en deux mois je me charge de faire de vous une femme du monde, non pas telle que les têtes vides et les âmes futiles que vous verrez évoluer autour de vous, mais telle que je la comprends — ce qui est tout autre chose.

Valderez ne s'attarda pas à percer le sens obscur de ces paroles. La décision de son mari, ce prochain changement d'existence qu'il lui annonçait de l'air le plus naturel du monde la jetaient dans un véritable ahurissement.

— Mais vous avez votre mère? avança-t-elle timidement. Et que dirait-elle, si…

— Ma mère sait fort bien, naturellement, que du moment où je suis marié, c'est ma femme qui doit tout diriger chez moi et recevoir nos hôtes. N'ayez donc aucune inquiétude à ce sujet. Tout se passera parfaitement, je vous le garantis. Il va falloir vous occuper de vos toilettes…

Il enveloppait d'un coup d'oeil investigateur la jupe de lainage beige et la chemisette de batiste claire que portait la jeune femme.

— Chez qui avez-vous fait faire cela?

— Je fais travailler depuis quelque temps une petite couturière de Vrinières qui vit bien difficilement.

— Mais qui vous habille fort mal. Faites-la travailler tant qu'il vous plaira, je suis loin de m'y opposer, mais ne portez pas cela, donnez-le à qui vous voudrez.

— J'irai à Angers, chez…

— Non, je vous conduirai à Paris, chez le couturier de ma mère. En même temps vous choisirez tout le trousseau et les accessoires. Nous verrons cela dans une quinzaine de jours. Donnez-moi donc, maintenant, des nouvelles de tous les vôtres?

— J'ai reçu ce matin une lettre de Roland. Tout va bien là-bas, ma mère reprend des forces. Mais lui, le pauvre garçon, est désolé.

M. de Ghiliac, tout en écartant une branche qui menaçait le chapeau de sa femme, demanda d'un ton d'intérêt:

— Pourquoi donc?

— Mon père se refuse absolument à le laisser entrer au séminaire.

— Ah! en effet, il m'en avait parlé. Je comprends un peu qu'il ne soit pas très satisfait de voir cette vocation à son fils aîné.

— Mais il a d'autres fils! Et quand même, puisque Roland se sent réellement appelé de Dieu, ce sacrifice est un devoir pour lui, en même temps qu'il devrait lui paraître un honneur.

— Votre père voit les choses sous un jour différent. J'espère pour Roland que tout finira par s'arranger. Il m'a paru charmant, très sympathique. Dites-lui donc que je compte sur lui, en septembre, en même temps que sur votre père, puisque, malheureusement, votre mère ne peut voyager. Cependant, en sleeping, peut-être?…

— Je ne le crois pas. L'idée seule de bouger des Hauts-Sapins la rendrait malade. Puis, l'existence ici serait fatigante pour elle et préjudiciable aux enfants, à Marthe surtout, qui se laisserait facilement griser par le luxe et les mondanités. Je vous remercie beaucoup, Elie…

— Oh! je vous en prie! Il est trop naturel que je cherche à vous procurer le plaisir d'avoir tous les vôtres autour de vous. Mais puisque vous le jugez impossible pour le moment, nous verrons autre chose, plus tard… Tiens, la Reynie est ouverte! Au fait, il me semble que Mme de Brayles m'a dit qu'elle devait y passer quelques jours pour indiquer d'urgentes réparations à faire.

Il désignait une petite villa entourée d'un jardin coquet, et située à la lisière du bois.

— Ah! la Reynie appartient à Mme de Brayles?

— Oui… Tenez, la voilà!

47

Sur la route ombragée arrivait une charrette anglaise conduite par une jeune femme. Sous le tulle blanc de la voilette, deux yeux s'attachaient fiévreusement sur Valderez.

Les mains qui tenaient les guides arrêtèrent d'un geste nerveux le poney, quand la voiture fut à la hauteur du marquis et de sa femme.

Avec son plus aimable sourire, Roberte répondit au salut de M. de Ghiliac et à la présentation de Valderez.

— Vous venez pour vos réparations, Roberte? interrogea Elie.

— Il le faut bien! Quel ennui pour une femme seule! Mais je repars après-demain. J'ai tout combiné de façon à être rentrée à Paris pour la première de la *Nouvelle Sapho*. Naturellement, je vous y retrouverai?

— Eh! que voulez-vous bien que me fasse la *Nouvelle Sapho?* Arnelles est délicieux à cette époque de l'année, et je compte bien ne pas le quitter avant l'hiver.

Ces paroles devaient être stupéfiantes pour Mme de Brayles, à en juger par l'expression de sa physionomie et par le geste de surprise qu'elle ne put retenir.

— Vous allez rester à Arnelles?... A cette époque?... En pleine saison mondaine?

— Et pourquoi pas? La saison mondaine m'est fort indifférente, je vous assure. Peut-être irai-je passer quelques jours en Autriche, chez Claude, et jeter en même temps un coup d'oeil sur mes propriétés de là-bas. Mais ce voyage lui-même est peu probable; je préfère demeurer à Arnelles, où je me plais infiniment, et où j'ai fort à travailler.

Les lèvres de Roberte se serrèrent nerveusement.

— Quel être sérieux vous êtes! dit-elle avec un sourire forcé. Je croyais que vous ne pouviez souffrir la campagne?

— N'est-il pas permis de changer de goûts, en vieillissant surtout?

Roberte eut un petit éclat de rire.

— Que parlez-vous de vieillir! On ne vous donnerait même pas vos trente ans!... Mais c'est Guillemette qui a grandi et changé! Jamais je ne l'aurais reconnue!

— Valderez fait des miracles, dit M. de Ghiliac en passant un doigt caressant sur la joue rosée de la petite fille.

Une lueur brilla sous les cils pâles de Mme de Brayles.

— Je m'en aperçois... Eh! qu'est-ce que cela? Est-ce vous aussi, madame, qui avez transformé Benaki?

Elle montrait le négrillon qui venait d'être démasqué par un mouvement de Valderez, derrière laquelle il s'était dissimulé. Benaki avait une particulière antipathie pour Mme de Brayles, et esquivait, tant qu'il le pouvait, la caresse qu'elle lui donnait généralement.

— Non! ce n'est pas moi, répondit Valderez en souriant. Mais mon mari a jugé avec raison qu'il était temps de lui enlever ses atours de sauvageon.

— D'autant plus que nous allons en faire un petit chrétien, ajouta M. de Ghiliac en donnant une tape amicale sur la joue de l'enfant. Mais nous vous retenons là, Roberte... Vous verrons-nous à Arnelles, avant votre départ?

— Oui, j'irai vous voir demain... si je ne dois pas vous déranger, madame?

— Mais pas du tout, je serai heureuse, au contraire, de faire plus ample connaissance avec vous, dit gracieusement Valderez.

— A bientôt donc.

Elle tendit la main à Elie et à Valderez, et remit en marche son petit équipage. Ses traits se contractaient sous l'empire d'une rage sourde, et elle murmura tout à coup entre ses dents:

— Je n'imaginais pas encore qu'elle fût si belle! Et quels yeux! Quel regard inoubliable! Il en est amoureux, naturellement. Il faut même qu'il le soit fortement pour venir s'enterrer à la campagne à cette époque. Et il est jaloux, puisqu'il la confine ici... Pourtant, non, il l'a laissée longtemps seule... Je n'y comprends rien! Est-ce une comédie qu'il joue? Bien fin qui pourra le dire! Mais il y a quelque chose de changé en lui, et... et je suis certaine qu'il l'aime! acheva-t-elle en enveloppant d'un coup de fouet le poney qui bondit en secouant sa crinière, comme pour protester contre un traitement auquel il n'était pas accoutumé.

Pendant ce temps, M. de Ghiliac demandait à sa femme:

— Comment trouvez-vous Mme de Brayles, Valderez?

— C'est une jolie personne, et qui paraît intelligente et aimable.

— Peuh! jolie! dit-il dédaigneusement. Elle a une physionomie assez piquante, voilà tout. Quant à son intelligence, elle est superficielle, — comme son amabilité, d'ailleurs. Mondanité, convention, coquetterie outrée, voilà Roberte, et malheureusement, beaucoup sont semblables à elle. Oui, vous aurez de curieuses études à faire dans ce monde que vous ignorez encore, Valderez. Vous verrez toutes ses petitesses, ses rivalités, ses intrigues méchantes se cachant sous les plus aimables dehors. Je pourrai vous instruire là-dessus, car j'ai tourné et retourné tous ces fantoches qui n'ont plus de secrets pour moi.

Elle leva sur lui son regard sérieux.

— En ce cas, comment aimez-vous encore ce monde si misérable sous ses brillantes apparences?

— L'aimer? Oh! non, certes! Je me suis amusé à l'étudier, j'ai disséqué des âmes d'hommes à peu près vides, des âmes féminines nulles ou féroces, j'ai lu dans les unes et dans les autres d'étranges vanités, de déconcertants calculs d'amour-propre, j'ai pénétré des dessous d'existences brillantes et enviées. Oui, le monde a été pour moi un amusement et un champ d'études. Mais quant à l'aimer, jamais! Je le connais trop bien pour cela.

— Vous m'effrayez! murmura Valderez. Car c'est le monde que vous voulez me faire connaître...

— Oui, je vous le ferai connaître, parce que vous n'êtes pas destinée à une vie recluse, parce que, nécessairement, vous devez vous trouver en contact avec lui. Mais je serai là pour vous guider, pour vous montrer ses embûches, pour vous préserver de ses pièges, car vous êtes encore très jeune, très...

— Très ignorante! acheva-t-elle avec un léger sourire, en voyant qu'il s'interrompait.

— Mettons ignorante, si vous le voulez.

Il souriait aussi, mais son regard très grave enveloppait l'admirable physionomie où rayonnait l'âme la plus limpide, la plus délicate qu'eût sans doute jamais connue le sceptique marquis de Ghiliac.

...Mme de Brayles arriva le lendemain à l'heure du thé. Valderez, qui la reçut sur la terrasse, lui offrit de se rendre au-devant de M. de Ghiliac, occupé à donner des instructions à son jardinier-chef au sujet de l'arrangement d'une de ses serres.

— Je ne demande pas mieux, car jamais je ne me lasse de contempler les jardins d'Arnelles. M. de Ghiliac est un adorateur des fleurs, et bien peu de domaines pourraient rivaliser sur ce point avec celui-ci.

Tout en causant, elles s'engageaient dans les jardins, précédées de Guillemette, toute fraîche dans sa petite robe blanche. Mme de Brayles s'arrêtait fréquemment pour admirer les fleurs qui attiraient plus particulièrement son attention.

— Ah! voici les fameuses roses "Duchesse Claude", ainsi nommées par M. de Ghiliac en souvenir de sa belle aïeule!

Elle désignait un énorme rosier, garni d'admirables fleurs blanches, satinées, délicieusement veinées de rose pâle.

— ...Elles sont, paraît-il, uniques au monde. M. de Ghiliac les entoure d'une sorte de culte; il en offre très rarement, et seulement à des hôtes marquants. Personne ne s'aviserait d'en cueillir. Je me souviens qu'une fois, Fernande et moi eûmes cette audace. Oh! nous n'avons pas eu envie de recommencer, car lorsqu'il est mécontent, il a une façon de vous regarder, sans rien dire... Oh! sans rien dire! Il est trop gentilhomme pour reprocher ouvertement une fleur à une femme. Mais nous avons su à quoi nous en tenir, et je suppose que Fernande n'a plus cueilli de "Duchesse Claude".

Guillemette, qui s'était rapprochée de sa belle-mère, leva la tête vers Mme de Brayles.

— Oh! maintenant, papa les laisse bien cueillir! Tous à l'heure, maman en a mis beaucoup dans le salon, et c'est lui qui voulait qu'elle les prenne toutes. Mais maman a dit que ce serait dommage et qu'il valait mieux en laisser un peu sur la tige.

Un frémissement courut sur le visage de Roberte; son regard, où passait une lueur de haine, effleura la jeune femme qui marchait près d'elle d'une allure souple, incomparablement élégante. Le soleil mettait des étincelles d'or dans sa magnifique chevelure; il éclairait ce teint satiné et rosé, semblable aux pétales des roses si chères à M. de Ghiliac. Un charme inexprimable se dégageait de cette jeune créature, simplement vêtue d'une robe de voile gris argent rehaussée de quelques ornements de dentelle.

La main de Roberte se crispa sur la poignée de son ombrelle.

— C'est alors que sa fantaisie a changé d'objet, probablement, dit-elle d'un ton négligent. Le marquis de Ghiliac a des caprices, — tout comme une jolie femme, malgré son dédain pour notre sexe. Car la femme n'est pour lui, doué de facultés si au-dessus de celles du commun des mortels, qu'un être inférieur, bon tout au plus à charmer un instant son regard. Il nous fit un jour cette déclaration, — ou quelque chose d'approchant, — le plus sérieusement du monde. C'était, je m'en souviens, du vivant de Fernande. Elle protesta énergiquement, — sans arriver à le convaincre, du reste. Ah! nous sommes vraiment bien peu de chose, madame, devant les natures masculines de cette trempe!

Elle souriait, — mais, de côté, son regard s'attachait avidement sur le beau visage qui avait eu un léger frémissement.

— …Et quand une de ces natures tombe sur une toute jeune femme, encore enfant, un peu frivole, mais très aimante et très éprise, quels malentendus en perspective! Il y a vraiment de tristes choses dans la vie!

— Oui, très tristes! dit la voix tranquille et grave de Valderez. Mais pardon, madame! je crois que nous ferions mieux de prendre cette allée, elle nous conduirait plus directement aux serres.

— Voilà papa! annonça Guillemette.

M. de Ghiliac hâta un peu le pas en apercevant les jeunes femmes. Les yeux de Roberte prenaient cet éclat particulier qu'ils avaient toujours en sa présence. En revenant vers le château, elle le questionna avec intérêt sur les changements qu'il faisait à ses serres, et sur sa célèbre collection d'orchidées.

— Lobic vient de réussir une nouvelle variété qui me paraît tout simplement une merveille, dit M. de Ghiliac. Il nous faut maintenant lui donner un nom. Nous l'appellerons "Marquise de Ghiliac", en votre honneur, Valderez.

Les lèvres de Roberte eurent une crispation légère aussitôt réprimée.

— Elle sera vite célèbre, tout autant que l'a été la rose "Duchesse Claude", dit-elle avec un demi-sourire. Il faut espérer seulement que vous ne vous en lasserez pas aussi vite, Elie.

— Comment cela? dit-il en la regardant d'un air interrogateur.

— Mais oui! il paraît que vous n'y tenez plus guère, puisque vous la prodiguez maintenant.

— Prodiguer est de trop, Roberte. Mais j'ai trouvé que, groupées dans les jardinières du salon blanc par les mains de ma femme, avec le goût très artistique qu'elle possède au plus haut degré, je jouissais beaucoup plus de ces fleurs qu'en les laissant toutes sur la tige. Ceci est encore de l'égoïsme et ne prouve pas du tout que je ne tienne énormément à mes roses, — au contraire.

L'éclair railleur, bien connu de Roberte, traversait en ce moment les prunelles du marquis. Elle baissa un peu les yeux, domptée, comme toujours, par la froide ironie de cet homme près de qui échouaient toutes les coquetteries, toutes les subtiles intrigues féminines. Elle força de nouveau ses lèvres à sourire, à prononcer des paroles aimables pour la belle jeune femme qui marchait à la droite d'Elie, — pour cette créature abhorrée envers qui, à chaque minute, sa haine grandissait.

Le salon blanc était devenu la pièce préférée de Valderez. Elle avait su donner à cet appartement, trop luxueux à son gré, un cachet intime et sérieux. Et ces tentures blanches qui tuaient les plus beaux teints, formaient au contraire pour le sien un cadre incomparable.

Roberte le constata aussitôt — comme aussi la grâce exquise de la jeune châtelaine dans son rôle de maîtresse de maison. De plus, elle semblait remarquablement douée au point de vue de l'intelligence; elle causait fort bien, — sauf de sujets purement mondains, qui semblaient lui être à peu près complètement étrangers.

Mme de Brayles, s'en apercevant, s'empressa aussitôt de lancer l'entretien de ce côté afin d'infliger tout au moins quelques petites blessures d'amour-propre à cette trop séduisante marquise. Mais ces finesses méchantes étaient peine perdue avec M. de Ghiliac. En un clin d'oeil, il avait ramené la conversation sur un terrain plus familier à Valderez, et, selon sa coutume, la dirigeait à son gré, en prenant visiblement plaisir à mettre en valeur l'intelligence très délicate de sa femme.

Il semblait aujourd'hui particulièrement gai. Etait-il très heureux de se retrouver près de Valderez? Probablement… bien qu'on pût se demander pourquoi il ne s'était pas donné plus tôt ce plaisir. Mais il s'amusait aussi, — Roberte le reconnaissait à certaine expression de cette physionomie bien connue d'elle, — il s'amusait de sa fureur jalouse qu'il savait exister sous les airs aimables de Mme de Brayles. Il se jouait — comme il l'avait toujours fait — de cet amour qu'il n'ignorait pas.

Etre un objet d'amusement pour "lui"… et avoir devant les yeux cette merveilleuse châtelaine qui avait peut-être le bonheur d'être aimée de lui! C'était intolérable! Aussi Roberte abrégea-t-elle sa visite, en refusant l'invitation à dîner qui lui était adressée, sous prétexte d'importantes affaires à régler avant son départ.

Tandis que M. de Ghiliac allait la conduire jusqu'à sa voiture, Valderez rentra dans le salon et s'assit près de sa table de travail. D'un geste machinal, ses doigts effleurèrent les fameuses roses "Duchesse Claude" qui s'épanouissaient dans une jardinière de Sèvres, tandis que son regard songeur se posait sur le siège occupé tout à l'heure par la baronne. Cette Mme de Brayles lui était vraiment peu sympathique, et Elie avait peut-être raison dans le jugement sévère qu'il avait porté sur elle ce matin. Ses insinuations au sujet de la nature fantasque de M. de Ghiliac, de sa façon de comprendre le rôle de la femme, de ses malentendus avec Fernande, dénotaient un complet manque de tact.

Elles avaient, en tout cas, réveillé chez Valderez la tristesse latente, comme chaque fois qu'une circonstance quelconque venait lui remettre plus clairement sous les yeux ce qu'elle connaissait bien, hélas! — l'égoïsme absolu et l'absence de coeur chez cet être si admirablement doué sous les autres rapports.

Pourtant, il semblait maintenant aimer sa fille. Hier, aujourd'hui encore, il s'était montré affectueux pour elle, avait paru s'intéresser à tout ce que sa femme lui disait de la santé de l'enfant, de sa vive intelligence et de l'amélioration de son caractère. Et, pour elle-même, Valderez trouvait en lui un changement qui l'avait frappée aussitôt. Ce n'était plus la froideur d'autrefois, ni l'ironie, ni cette amabilité fugitive et enjôleuse qui l'avait parfois troublée, trois mois auparavant, parce qu'elle avait laissé entrevoir à son inexpérience l'effrayant pouvoir de séduction que possédait cet homme, et lui avait donné la crainte qu'il ne cherchât à en user pour faire tout à son aise une étude approfondie du jeune coeur ignorant, ainsi soumis à son empire. Non, ce n'était plus cela du tout. Il se montrait sérieux, réservé sans froideur, discrètement aimable, et jusqu'ici il n'avait pas eu à son égard une seule de ces ironies qui ne lui étaient que trop familières. S'il continuait ainsi… oui, vraiment, l'existence serait possible…

Il venait de rentrer dans le salon. Sur la tapis, quelques pétales de roses gisaient et aussi une fleur à peine entr'ouverte, que les doigts distraits de la jeune femme avaient fait glisser à terre tout à l'heure. M. de Ghiliac se pencha et la ramassa.

— Il serait dommage de la laisser se faner là! dit-il en la glissant à sa boutonnière.

Attirant à lui un fauteuil, il s'assit près de Valderez, qui venait de prendre son ouvrage.

— Cette nappe d'autel me paraît une merveille. Où avez-vous pris ce dessin?

— C'est moi qui l'ai imaginé, d'après une vieille gravure que j'ai trouvée dans la bibliothèque.

— Mais je ne vous connaissais pas encore ce talent! Vous êtes, décidément, une artiste en tout. Ce dessin est admirablement compris. A qui destinez-vous cet ouvrage?

— A ma pauvre vieille église de Saint-Savinien. J'espère l'avoir terminé pour la fête de l'Assomption.

— Vous me permettrez de vous recommander de ménager vos yeux. Ceci doit être très fatigant. Et, en dehors de ce travail, qu'avez-vous fait? Les derniers livres que je vous ai envoyés vous ont-ils paru intéressants?

La conversation, une fois sur ce terrain, éloignait d'eux tout embarras, et elle se continua longuement, Elie prenant un visible intérêt aux jugements très délicats portés par sa femme sur les oeuvres lues, Valderez écoutant avec un secret ravissement la critique si fine, si brillante et cependant si profonde qu'en faisait M. de Ghiliac.

XV

Il n'était décidément plus question de pôle Nord. Le marquis de Ghiliac, comme il l'avait annoncé à Mme de Brayles, s'installait pour l'été et l'automne à Arnelles, ainsi que le démontrait l'arrivée de tout son personnel, de ses voitures et de ses chevaux. Cette année, Saint-Moritz, Ostende et Dinard l'attendraient en vain. Il leur préférerait, cette fois, les ombrages de son parc aux arbres séculaires, la floraison superbe de ses jardins, le calme majestueux des grands salles du château, — et peut-être aussi la jeune châtelaine.

Il s'était remis à la reconstitution de ces mémoires qu'il voulait faire publier avec une préface et des commentaires de lui. Pour ce travail, Valderez lui était, paraît-il, indispensable, aucun de ses secrétaires ne sachant comme elle déchiffrer ces écritures pâlies et ce vieux français quelquefois incorrect. La jeune femme fut donc sollicitée de venir passer quelques heures chaque jour dans son cabinet de travail, la bibliothèque, exposée au midi, étant fort chaude en cette saison. Le parfum détesté d'elle en avait disparu, les fleurs aux senteurs trop fortes en étaient bannies. Valderez n'aurait eu aucune raison pour refuser, en admettant qu'elle pût en avoir l'idée, — ce qui n'était pas, car elle savait que, quelle que fût la crainte qui l'obsédait encore, elle devait se prêter à un rapprochement, s'il le voulait.

Chaque jour, elle vint donc s'asseoir près de lui, dans la grande pièce d'un luxe si délicat, où les stores abaissés entretenaient une agréable fraîcheur. La lecture parfois laborieuse des manuscrits n'occupait pas toutes ces heures; M. de Ghiliac entretenait sa femme de maints sujets différents, et, en particulier, du roman dont il préparait le plan. Celui-ci fut soumis à Valderez, qui dut donner son avis et faire ses critiques. Or, Jusqu'ici, jamais pareil fait ne s'était produit. Demander conseil à une femme, lui, l'orgueilleux Ghiliac! Et accepter de voir ses idées discutées par une enfant de dix-neuf ans, qui se qualifiait elle-même sincèrement d'ignorante!

Mais cette enfant avait les yeux les plus merveilleusement expressifs qui se pussent voir, et de la petite bouche délicieuse sortaient des mots profonds, des appréciations délicates et élevées, qui semblaient probablement fort fignes d'attention à M. de Ghiliac, puisqu'il les sollicitait et les recueillait précieusement.

Son attitude des premiers jours n'avait pas varié. Sa courtoisie revêtait maintenant une nuance d'empressement chevaleresque, son regard sérieux avait, en se posant sur Valderez, une profondeur mystérieuse qui la faisait frémir, non de crainte, comme quelque temps auparavant, mais d'un émoi un peu anxieux. La gêne d'autrefois avait presque complètement disparu pour elle, devant cette attitude nouvelle qui transformait M. de Ghiliac. Et c'était fort heureux, car leurs rapports devenaient continuels. Ce n'étaient sans cesse que promenades, visites chez les châtelains d'alentour, séances de musique à deux, leçons d'équitation, de sports à la mode données par lui-même à la jeune femme, dont la souple adresse et les progrès rapides paraissaient ravir ce sportsman hors de pair.

Valderez se prêtait à tout avec une grâce aimable. Et ce qui n'avait été d'abord que soumission aux désirs de son mari devenait un plaisir, car elle était jeune, bien portante, accoutumée à l'exercice et à la fatigue par sa vie aux Hauts-Sapins, toute prête donc à goûter les longues promenades à cheval dans les sentiers pittoresques de la forêt d'Arnelles, ou les parties de tennis sous les vieux arbres centenaires, à l'heure matinale où la rosée des nuits rafraîchit encore l'atmosphère.

Et ils étaient presque toujours seuls tous deux, et Valderez se demandait toujours avec la même angoisse quel mystère se cachait sous ce regard si souvent fixé sur elle.

Une immense surprise lui avait été réservée peu de temps après le retour d'Elie, à propos du baptême de Benaki. M. de Ghiliac, le plus simplement du monde, déclara qu'il serait parrain, avec sa femme comme marraine. Tout Vrinières en fut ahuri. Et le curé, admis à faire la connaissance de ce paroissien si peu exemplaire, aperçu seulement de loin au cours de ses séjours à Arnelles, le trouva si différent de ce qu'il pensait, si aimable et si sérieux que, du coup, Elie gagna un admirateur de plus.

— Il est impossible que vous n'arriviez pas à vous entendre avec lui, madame, déclara-t-il à Valderez en la revoyant peu après. Qu'il ait eu des torts envers sa première femme, envers sa fille, envers vous aussi, je ne le nie pas. Mais cette nature-là doit avoir une certaine somme de loyauté, elle doit posséder des qualités qu'il s'agit pour vous de découvrir. La défiance vous glace, ma pauvre enfant; essayez chrétiennement de la surmonter, si vous voulez arriver à voir un jour tout malentendu cesser entre vous et lui.

Oui, la défiance était toujours là. Et le changement réel d'Elie venait encore augmenter la perplexité de la jeune femme. Elle le voyait très affectueux pour Guillemette, généreux et bon à l'égard de Dubiet, soucieux de procurer à Benaki une suffisante instruction, et une bonne éducation morale. Elle le voyait conduire sa femme et sa fille chaque dimanche à l'église dans le phaéton attelé de ces vives et superbes bêtes dont il aimait à dompter la fougue, et assister près d'elles à la messe. Quel sentiment le guidait en agissant ainsi? Pourquoi se montrait-il si différent de celui qu'elle avait connu quelques mois auparavant?

Vers la fin de juillet, il l'emmena à Paris pour commander des toilettes. Personne n'avait un goût plus sûr et une plus grande horreur de la banalité et du convenu. Personne, non plus, ne possédait à un degré plus subtil l'amour de l'élégance, de la beauté harmonieuse, du luxe sobre et magnifique. Valderez en fit cette fois l'expérience personnelle. Des merveilles furent commandées pour elle. Et d'abord, elle fut éblouie, un peu grisée même — car enfin, elle était femme, et elle aussi avait le goût très vif de l'élégance et de la beauté. Mais le bon sens chrétien, si profond chez elle, reprit vite le dessus, s'effara un peu des dépenses folles dont elle était l'objet.

Un jour, elle trouva dans son appartement un écrin renfermant un collier de perles d'une grosseur rare et d'un orient admirable. Un peu moins inexpérimentée maintenant, elle pouvait se rendre compte approximativement de la valeur énorme d'une telle parure. Le soir, en se retrouvant avec son mari dans le salon avant le dîner, elle lui dit, après l'avoir remercié:

— Vraiment, tant de choses sont-elles nécessaires, Elie? Cela m'effraye un peu, je l'avoue.

Il se mit à rire.

— Quelle singulière question de la part d'une jeune femme! Vous n'aimez donc pas les toilettes, les bijoux, toutes ces choses pour lesquelles tant de créatures perdent leur âme?

— Je les aime dans une certaine limite, et vous la dépassez, Elie. Ce collier est une folie.

— Ce n'est pas mon avis. Du moment où je puis vous l'offrir sans faire de tort à personne, sans que notre budget risque pour cela de se déséquilibrer, je ne vois pas trop où se trouve la folie?

Il souriait, l'air amusé, mais sans ironie.

— Si, car il me sera pénible de penser que je porte sur moi des parures dont le prix soulagerait tant de malheureux, répondit-elle gravement.

— Mais il faut songer, Valderez, que notre luxe, nos dépenses font vivre une certaine catégorie de travailleurs.

— Je l'admets. Mais si ce luxe est exagéré, il excite l'envie et la haine. De plus il amollit l'âme et le corps. Je crois qu'une certaine modération s'impose.

— Le juste milieu, toujours! Ce terrible juste milieu si difficile à atteindre! Vous y êtes, vous, Valderez. Mais moi, hélas!

Il riait, très gai, en offrant son bras à la jeune femme pour la conduire à la salle à manger dont le maître d'hôtel venait d'ouvrir la porte. Ce mondain égoïste avait-il compris le sentiment exprimé par elle? Valderez en doutait. En tout cas, il souhaitait calmer les scrupules de sa femme, car le lendemain, comme elle entrait dans le salon où il l'attendait pour l'emmener en automobile à Fontainebleau, il lui remit un portefeuille à son chiffre en disant:

— Je tiens à me faire pardonner ce que vous appelez mes folies. Dépensez vite pour vos pauvres les petits billets qui se trouvent là dedans, et demandez-m'en d'autres le plus tôt possible.

Comme elle ouvrait la bouche pour lui exprimer sa reconnaissance, il dit vivement:

— Non, pas de remerciements! Je vois dans vos yeux que vous êtes contente, cela me suffit.

Des actes de ce genre, accomplis avec une bonne grâce si simple et si chevaleresque, étaient bien faits pour toucher Valderez. Pourquoi fallait-il que ce doute fût toujours là? Il empoisonnait sa vie, il maintenait la barrière entre Elie et elle.

A cette époque, le Tout-Paris avait commencé à fuir vers d'autres cieux. M. de Ghiliac, libéré de devoirs mondains, en profitait pour faire connaître à sa femme le Paris artistique. Il se montrait le plus aimable et le plus érudit des ciceroni, et Valderez oubliait les heures en regardant des chefs-d'oeuvre, en écoutant la voix chaude et vibrante qui lui en faisait si bien détailler toutes les beautés. Le soir, il la conduisait au théâtre lorsqu'une pièce pouvait lui convenir, l'après-midi, ils faisaient des excursions en automobile, ou se rendaient au Bois. Ils rencontraient quelques personnalités parisiennes, qui s'empressaient de se faire présenter à la jeune marquise. Partout, Valderez était l'objet d'une admiration qui la gênait fort, mais amenait une lueur de contentement et de fierté dans le regard de M. de Ghiliac. La jeune femme le remarqua un jour, et se demanda avec anxiété si la nouvelle attitude d'Elie n'était pas due simplement à ce fait que, la beauté de sa femme flattant son orgueil, il se plaisait à s'en parer, à la faire valoir par l'élégance raffinée du cadre dont il l'entourait. Et pour apprivoiser la jeune provinciale récalcitrante, il se faisait aimable et sérieux, discrètement empressé…

Valderez se révoltait contre cette pensée qui venait trop souvent l'assaillir, depuis son séjour à Paris. Mais elle reparaissait toujours, quand elle croyait saisir dans les yeux d'Elie cette expression de joie orgueilleuse qui l'avait frappée, ou bien encore lorsqu'elle le voyait choisir avec soin quelqu'une des parures délicieuses destinées à rehausser la beauté de cette jeune femme auparavant délaissée par lui.

Quand les quinze jours fixés par M. de Ghiliac pour leur séjour à Paris furent écoulés, il demanda un soir à sa femme:

— Désirez-vous rester encore quelque temps ici, Valderez?

— Je n'y tiens pas, et je serais même heureuse d'aller revoir ma petite Guillemette, qui trouve le temps si long. Voulez-vous voir sa dernière lettre, Elie?

Il prit la feuille, couverte d'une écriture inhabile, la parcourut rapidement, et dit avec un sourire:

— Eh bien! retournons donc à Arnelles! Je ne demande pas mieux, pour ma part. Nous profiterons, pour travailler, du temps qui nous reste encore avant l'arrivée de nos invités.

XVI

Vers la fin d'août, les châtelains d'Arnelles virent apparaître l'avant-garde de leurs hôtes en la personne du duc et de la duchesse de Versanges, grand-oncle et grand'tante d'Elie. C'étaient d'aimables et charmantes vieilles gens, que le grand chagrin de leur vie — la mort d'un fils unique tué au cours d'une exploration en Afrique — n'avait pas rendu misanthropes, ni aigris contre les autres plus heureux. Elie, leur plus proche parent, l'héritier du vieux titre ducal, était de leur part l'objet d'une affection enthousiaste. Ce n'était pas à eux qu'il eût fallu parler d'absence de coeur chez lui, qu'ils prétendaient très bon et très délicat, toujours prêt à leur témoigner un dévouement discret. Ceux qui les entendaient ne protestaient généralement pas, par respect, mais songeaient: "Ce bon duc, cette excellente duchesse, dans leur admiration aveugle pour leur petit-neveu, lui prêtent leurs propres qualités, dont il est certainement si loin."

Absents de Paris les deux mois où Valderez y avait séjourné, ils ne connaissaient pas encore leur nouvelle nièce. Dès le premier abord, elle les conquit complètement. Et tandis que Mme de Versanges causait avec Valderez, son mari glissa à l'oreille d'Elie:

— On s'étonne, parmi tes connaissances, que tu t'enterres si longtemps à la campagne. Mais quand on connaîtra cette merveille, on te comprendra, mon cher ami!

M. de Ghiliac sourit en répliquant:

— Mon oncle, ne faites surtout pas de compliments à Valderez! Je vous préviens qu'elle les reçoit sans aucun plaisir.

— Aussi modeste que belle alors? C'est parfait, et tu es un heureux mortel. Mais voilà une nièce que nous allons joliment gâter, je t'en avertis, Elie!

— Faites, mon oncle, ce n'est pas moi qui m'y opposerai.

— Non, j'imagine même que tu n'es pas le dernier à le faire de ton côté, riposta en riant le duc.

Mme de Versanges s'avançait à ce moment, tenant la main de Valderez.

Elle dit gaiement:

— Mon cher enfant, je suis au regret de n'avoir pas connu plus tôt la délicieuse nièce que vous nous avez donnée là. J'aurai bien de la peine à vous pardonner de nous l'avoir cachée si longtemps. Mais je m'en vengerai en vous aimant doublement, ma belle Valderez.

Et l'aimable femme baisa le front de la jeune marquise, un peu rougissante, mais émue et charmée de cette sympathie sincère.

— Ah! si j'avais une fille comme vous! Si j'étais à la place d'Herminie! Hélas! notre foyer est vide depuis longtemps!

Une douloureuse émotion brisa la voix de Mme de Versanges.

Valderez se pencha vers elle, son regard compatissant et respectueusement tendre se posa sur le fin visage de la vieille dame, encadré de bandeaux argentés:

— Ma tante, voulez-vous me permettre de vous aimer, de vous témoigner, autant qu'il sera en mon pouvoir, mon affection, bien impuissante, hélas! auprès de celle que vous avez perdue?

— Non, pas impuissante, ma chère enfant, car elle réchauffera nos pauvres coeurs, et sera un rayon de bonheur sur la fin de notre existence! interrompit vivement Mme de Versanges en embrassant la jeune femme.

Le duc se mordait la moustache pour cacher son émotion, tandis que M. de Ghiliac, les yeux un peu baissés, caressait d'un geste machinal la chevelure de Guillemette, debout près de lui.

— Du bonheur, je crois que vous en donnez à tous ceux qui vous entourent, ma mignonne, continua la duchesse. Voilà une petite fille absolument méconnaissable, n'est-ce pas, Bernard?

— C'est en effet le mot. Il y a maintenant de la vie, de la gaieté dans ces yeux-là — tes yeux, Elie. C'est, avec ces belles boucles brunes, tout ce qu'elle a de toi, car la coupe du visage est tout à fait celle des Mothécourt.

Un pli léger se forma pendant quelques secondes sur le front du marquis. Entre ses dents, il murmura:

— Qu'elle ne soit pas une poupée frivole comme sa mère, au moins, si elle doit lui ressembler de visage!

La marquise douairière apparut cette année-là à Arnelles plus tôt que de coutume. Une sorte de hâte fébrile la possédait de voir face à face celle qu'elle appelait en secret "l'ennemie", de se rendre compte de la place que Valderez occupait chez son fils. Elle avait vu avec une irritation d'autant plus forte qu'elle se trouvait obligée de la contenir, Elie, dédaignant tous les plaisirs mondains, s'installer à Arnelles, près de cette jeune femme qu'il avait feint de délaisser d'abord. Si aveuglée qu'elle fût par la jalousie, il lui était impossible de ne pas admettre que l'orgueil, à défaut du coeur, inclinât son fils vers cette admirable créature, digne de flatter l'amour-propre masculin le plus exigeant. Et elle savait aussi d'avance que la belle douairière ne serait plus maintenant que bien peu de chose, près de cette jeune femme vers qui iraient tous les hommages, toutes les admirations des hôtes du marquis de Ghiliac.

Pendant quelque temps, en le voyant si peu préoccupé de sa femme, menant seul comme auparavant son existence mondaine, elle avait fortement espéré que Valderez séjournerait aux Hauts-Sapins, avec Guillemette, pendant la durée de la saison des chasses à Arnelles. Un jour, peu de temps après le retour d'Elie de sa croisière, elle lui en parla incidemment. Il la regarda d'un air étonné, un peu sardonique, en ripostant:

— A quoi songez-vous, ma mère? Si Valderez avait le désir d'aller passer quelque temps dans le Jura, ce n'est pas ce moment-là qu'elle choisirait, car, naturellement, il est indispensable que ma femme se trouve là pour faire les honneurs de notre demeure.

Quelque temps après, le départ et l'installation à Arnelles de M. de Ghiliac venaient montrer à sa mère que son influence conjugale était peut-être beaucoup plus apparente que réelle.

Et quand, en arrivant à Arnelles, elle vit Valderez dans tout l'épanouissement d'une beauté qui s'était augmentée encore, quand elle remarqua la grâce incomparable avec laquelle elle portait ses toilettes, signées d'un des grands maîtres de la couture, tous les démons de la jalousie s'agitèrent en elle. M. d'Essil l'avait dit un jour à sa femme: Mme de Ghiliac ne pouvait pardonner à une bru des torts de ce genre.

Valderez voyait arriver sa belle-mère avec une répugnance secrète. A mesure que lui venait plus d'expérience, elle comprenait mieux la faute commise par Mme de Ghiliac en lui révélant tous ces détails de la nature d'Elie, et surtout en assurant aussi fermement à une pauvre enfant ignorante et pleine de bonne volonté que son mari ne l'aimerait jamais. Mais telle était la droiture de sa propre nature qu'elle ne songeait pas encore à l'accuser de perfidie, d'autant moins que Mme de Ghiliac, en lui parlant ainsi, avait paru absolument sincère — et que, hélas! l'attitude d'Elie était venue si vite corroborer ses dires! Mais cependant Valderez ressentait d'instinct envers sa belle-mère un éloignement, une crainte imprécise, en même temps que l'inquiétude qu'elle ne fût mécontente de se voir supplantée comme maîtresse de maison.

Mais Mme de Ghiliac connaissait trop bien la nature entière et absolue de son fils pour oser émettre à ce sujet la plus légère récrimination. Elle devait ronger son frein, et assister au triomphal succès de la jeune châtelaine près des hôtes d'Arnelles.

C'était toujours un privilège envié d'être invité chez le marquis de Ghiliac. Mais, cette année, l'attrait habituel s'augmentait encore par la perspective de connaître enfin cette seconde femme sur laquelle ne tarissaient pas d'éloges ceux qui l'avaient aperçue. Puis, ne serait-il pas d'un passionnant intérêt de voir l'attitude de M. de Ghiliac envers cette jeune femme, de savoir si vraiment il était, cette fois, amoureux? Et quelle chose alléchante, pour les jalousies féminines, d'avoir à surveiller tous les faits et gestes de la nouvelle châtelaine, de songer aux impairs, aux imprudences que cette provinciale inexpérimentée allait certainement commettre, dans ce milieu qui lui était inconnu, et qui cachait tant d'embûches!

Celles qui escomptaient ce plaisir furent bien vite déçues. Le tact inné de Valderez, son intelligence, sa réserve un peu fière sous l'apparence la plus gracieuse lui permettaient de se trouver d'emblée au niveau de ce rôle de maîtresse de maison tel qu'il devait être à Arnelles. Et, de plus, elle avait en Elie un guide sûr qui la conduisait d'une main discrète au travers du maquis de petites intrigues, de jalousies, de fourberies aimables et d'amoralité souriante dont il avait percé tous les secrets. Elle se sentait entourée par lui d'une sollicitude constante, qui lui semblait douce et rassurante dans ce milieu où son âme si profondément chrétienne, si sérieuse et délicate ne se sentait pas à l'aise.

Personne ne songeait à contester l'aisance parfaite de la jeune châtelaine ni la grâce inimitable avec laquelle elle recevait ses hôtes. Le mariage de raison annoncé par la marquise douairière, rendu plausible par la façon d'agir de M. de Ghiliac au début de son union, paraissait maintenant à tous difficile à admettre, devant le charme irrésistible de cette jeune femme. D'ailleurs, bien des changements chez lui, bien des nuances saisies par les curiosités avides, étaient venus faire penser à tous que, cette fois, l'insensible était touché. L'affectueux intérêt qu'il témoignait à sa fille, le soin qu'il prenait d'éloigner de sa femme tout ce qui pouvait la froisser dans ses idées, la place qu'il lui donnait dans sa vie d'écrivain, surtout, auraient suffi à démontrer l'influence qui s'exerçait sur lui.

Et elle? Naturellement, elle ne pouvait faire autrement que de l'adorer. Mais elle n'imitait pas la première femme qui laissait voir si bien ses sentiments, et ne savait pas cacher sa jalousie. Cela devait évidemment plaire à M. de Ghiliac, ennemi des manifestations extérieures.

Valderez se rendait fort bien compte de la curiosité dont elle était l'objet, elle avait l'intuition des jalousies ardentes qui s'agitaient autour d'elle. Mais elle continuait à remplir son devoir avec la même grâce simple, en se dégageant de la crainte que lui inspirait, au début, ce monde frivole qu'elle apprenait vite à connaître. Une messe entendue à une heure matinale venait lui donner pour toute la journée la force morale nécessaire dans cette ambiance de futilités et d'intrigues. Elle pouvait alors passer, toujours gracieuse et bonne, mais intérieurement détachée, au milieu du tourbillon qui emportait les hôtes d'Arnelles de distractions en distractions, de fêtes en fêtes.

Mais elle songeait avec perplexité qu'il fallait qu'Elie fût réellement bien frivole, pour se complaire dans une existence de ce genre. Il est vrai qu'il ne semblait pas, pour le moment, y trouver un plaisir excessif, et, très volontiers, laissait à d'autres le soin d'organiser les amusements, auxquels il prenait, cette année, une part aussi restreinte que le lui permettaient ses devoirs de maître de maison. De son côté, Valderez se reposait de ce soin sur sa belle-mère et sur Mme de Trollens, ces mondaines infatigables qui déployaient des trésors d'imagination lorsqu'il s'agissait de leurs plaisirs. Elle pouvait ainsi, presque chaque matin, trouver une heure pour aller travailler près d'Elie, qui continuait à revoir les mémoires de ses ancêtres. C'était généralement à ce moment-là qu'il lui donnait ses conseils et qu'elle lui demandait son avis sur tout ce qui l'embarrassait dans sa nouvelle tâche.

Elle trouvait aussi une aide, et une amie véritable, en la personne de la comtesse Serbeck, la plus jeune sœur de M. de Ghiliac. Mariée très jeune à un grand seigneur autrichien, Claude de Ghiliac avait trouvé en son mari un cœur noble et sérieux, très chrétien, qui avait su diriger vers le bien cette nature bonne et droite, mais que commençait à gâter une éducation frivole et fausse. Dès le premier instant, Valderez et elle avaient sympathisé. Claude, de nature enthousiaste, chantait les louanges de sa jeune belle-sœur en même temps que celles de son frère, dans l'admiration duquel elle avait été élevée par sa mère, pour qui Elie seul comptait au monde. Ayant perdu depuis son mariage ses goûts mondains, elle se plaisait surtout à s'occuper de sa petite famille, et souvent Valderez et elle, laissant Mme de Ghiliac et sa fille aînée diriger les papotages de salon, s'en allaient vers les enfants, fréquemment rejointes par la duchesse de Versanges qui aimait fort ses arrière-petits-neveux, mais surtout Guillemette, depuis que Valderez avait transformé l'enfant morose et un peu sauvage en une petite créature affectueuse, pleine d'entrain et de spontanéité.

— Votre fille est admirablement bien élevée, mon cher ami, déclara-t-elle un jour à M. de Ghiliac. Il serait à souhaiter que toutes les mères prissent exemple sur Valderez pour le parfait mélange de fermeté et de douceur qu'elle sait déployer à l'égard de cette enfant.

C'était un après-midi orageux. Un certain nombre des hôtes d'Arnelles étaient partis malgré tout en promenade. Mais la plupart, moins intrépides, se répandaient dans la salle de billard, dans le salon de musique, ou s'asseyaient autour des tables de bridge. La marquise douairière, entourée d'un petit cercle, causait dans la jardin d'hiver où allait être servi le thé. On discutait sur les meilleurs procédés d'éducation. Elie se promenait de long en large, en s'entretenant avec M. d'Essil arrivé depuis quelque temps. Il s'arrêta devant Mme de Versanges et répliqua d'un ton sérieux:

— Je suis absolument de votre avis, ma tante. Valderez est, en effet, l'éducatrice idéale.

— Mais ne pensez-vous pas que cette éducation serait peut-être moins ferme, moins parfaite s'il s'agissait, au lieu d'une belle-fille, de ses propres enfants?

C'était Mme de Brayles qui prononçait ces mots de sa voix un peu chantante. Arrivée depuis trois semaines à la Reynie, elle ne manquait pas la plus petite réunion à Arnelles, où la marquise douairière, qui n'avait jamais montré auparavant grande sympathie pour elle, paraissait l'attirer volontiers cette année.

— Non, j'en suis certain. La fermeté est un devoir, — et pour ma femme, le devoir est la grande loi à laquelle elle ne se soustraira jamais.

— C'est magnifique!... mais bien austère! murmura une jeune femme dont les mines langoureuses, destinées à attirer l'attention de M. de Ghiliac, amusaient fort la galerie depuis quelques jours.

— Austère? Oui, pour ceux qui ne voient dans la vie que le plaisir, que la jouissance. Mais, autrement, c'est lui qui nous donne encore le plus de bonheur, croyez-m'en, princesse!

La blonde princesse Ghelka rougit légèrement sous le regard de froide ironie qui se posait sur elle. La marquise douairière, dont le front s'était légèrement plissé depuis qu'il était question de sa bru, intervint de cette voix brève qui indiquait chez elle une irritation secrète.

— Vous devenez d'un sérieux invraisemblable, Elie. Je me demande si vous n'allez pas finir par vous enfermer dans quelque Thébaïde.

Il eut un sourire légèrement railleur.

— Ce serait peut-être une sage résolution. Mais non, il n'en est pas question pour le moment. Paris me reverra encore, — plus ou moins longtemps, cela dépendra de ma femme, qui s'y plaira peut-être moins qu'ailleurs. C'est elle qui décidera de nos séjours ici ou là. Quant à moi, peu m'importe, je me trouverai bien partout.

Un instant, dans le jardin d'hiver, un silence de stupéfaction passa. Une telle déclaration, de la part de cet homme si fier de son autorité, révélait à tous la place que tenait Valderez dans sa vie.

La lueur amusée qui se discernait dans le regard du marquis montrait qu'il avait tout à fait conscience de l'effet produit par ses paroles. M. d'Essil glissa un coup d'oeil discret vers Mme de Ghiliac. Quelque chose avait frémi sur ce beau visage. La déclaration d'Elie venait sans doute confirmer toutes ses craintes.

Le regard de M. d'Essil, qui se dirigeait curieusement vers Roberte, vit un éclair de haine s'allumer dans les yeux bleus. Au bout de l'enfilade des salons s'avançaient Valderez et la comtesse Serbeck, que suivaient Guillemette, les aînés de Claude, Otto et Hermine, et les deux enfants de Mme de Trollens.

— Que viennent donc faire ici ces enfants? demanda Mme de Ghiliac d'un ton sec, quand les jeunes femmes pénétrèrent dans le jardin d'hiver.

Ce fut Valderez qui répondit:

— En raison d'une sagesse exemplaire depuis quelques jours, je leur avais promis pour aujourd'hui une tasse de chocolat, la gourmandise par excellence pour tous, et qui, paraît-il, leur semble bien meilleure prise l'après-midi, avec les grandes personnes. C'est là une récompense tout à fait exceptionnelle. Mais si cela vous dérange, ma mère...

M. de Ghiliac, qui s'était avancé de quelques pas, interrompit vivement:

— C'est très bien ainsi, au contraire. Nous ne pouvons qu'être heureux de recevoir et de gâter un peu des enfants bien sages... qu'en dis-tu, Guillemette?

Il enlevait entre ses bras la petite fille, et mit un baiser sur la joue rose qui s'approchait câlinement de ses lèvres.

Valderez se pencha un peu pour rattraper le noeud qui retenait les boucles de Guillemette. Celle-ci, d'un mouvement imprévu, lui jeta ses bras autour du cou. Pendant quelques instants, les cheveux brun doré de Valderez, les boucles brunes d'Elie se mêlèrent au-dessus de la tête de l'enfant, leurs fronts se rapprochèrent. Le regard d'Elie, caressant et tendre, glissa de sa fille à sa femme qui, inconsciente du délicieux tableau familier formé par eux trois, renouait tranquillement le ruban rose.

— Vous êtes vraiment d'une fantaisie déconcertante, Elie, dit la voix pointue de Mme de Trollens.

— A quel propos me dites-vous cela? interrogea-t-il avec calme, tout en posant l'enfant à terre.

— Mais à propos de votre subite tendresse paternelle! Ce n'est guère dans votre nature, il me semble?

Il laissa échapper un rire moqueur.

— Merci bien du compliment! Vous avez une bonne opinion de votre frère, Eléonore! Ainsi, vous me jugez incapable de remplir mes devoirs paternels, et vous croyez que j'agis ainsi sous l'empire d'une simple fantaisie?

— Mais… vous nous y avez un peu habitués, mon cher!

M. de Ghiliac, s'avançant vers la table à thé autour de laquelle commençait à évoluer Valderez, prit place sur un fauteuil vacant, et, s'y enfonçant d'un mouvement nonchalant, dit avec une froideur railleuse:

— Expliquez-vous, je vous prie.

Quand il prenait ce ton et cette attitude, quand il tenait ainsi sous l'étincelle cruellement moqueuse de son regard ses interlocuteurs, ceux-ci perdaient pied généralement, bredouillaient et s'effondraient piteusement. Mme de Trollens, malgré tout son aplomb, n'échappait pas à la règle, et plus d'une fois son frère, impatienté de ses prétentions ou de ses petites méchancetés sournoises, lui avait impitoyablement infligé cette humiliation.

— Vous l'avez dit un jour vous-même… Vous avez déclaré que tout, chez vous, était soumis au caprice du moment… balbutia-t-elle.

— Vraiment? Il est bien possible que cette déclaration ait été faite par moi. Je suis, en effet, le plus capricieux des hommes… sauf lorsqu'il s'agit de mes affections.

— J'en ai en tout cas fait l'expérience pour l'amitié! s'écria gaiement le prince Sterkine. Voilà près de vingt ans que la nôtre dure, et, loin de s'affaiblir, elle se fortifie chaque jour.

— Certainement… Mais ma soeur te dira, mon bon Michel, que tout l'honneur t'en revient, car depuis que, garçonnets de dix ans tous deux, nous nous sommes liés intimement autrefois à Cannes, tu as eu l'héroïsme de supporter les sautes fantasques, l'égoïsme, la volonté autoritaire de ton ami, que tu aimais quand même, — et qui ne t'aimait pas, lui, paraît-il, puisqu'on le juge incapable d'un sentiment de ce genre.

Il riait, et autour de lui on lui fit écho, non sans jeter des coups d'oeil malicieux vers Mme de Trollens, que le ton mordant de son frère réduisait au silence.

Elle n'en aurait peut-être pas eu fini si vite avec la verve railleuse d'Elie, sans l'apparition des autres hôtes d'Arnelles que ramenait l'heure du thé. Bientôt, les conversations et les rires remplirent le jardin d'hiver. Valderez servait le thé, aidée par Claude et une jeune cousine de M. de Ghiliac, Madeleine de Vérans, tout récemment fiancée au prince Sterkine. Guillemette, avisant un tabouret, s'était assise près de son père. Celui-ci jouait avec les longues boucles de l'enfant tout en répondant d'un air distrait à Mme de Brayles, qui avait réussi, par de savantes manoeuvres, à trouver un siège près de lui. Roberte, sans en avoir l'air, suivait la direction de son regard, et elle le voyait sans cesse comme invinciblement attiré vers la jeune châtelaine, qui allait et venait à travers les groupes.

— Prenez-vous du café glacé, Elie?

Valderez s'approchait de son mari, un plateau à la main.

— Mais oui! N'importe quoi!… Ce que vous voudrez.

Il était visible qu'il répondait machinalement, beaucoup plus occupé de sa femme que de ce qu'elle lui offrait.

Mme de Brayles eut un petit rire bref, qui sonna faux.

— Mais c'est délicieux, un mari aussi accommodant! Vous lui offririez, madame, le plus amer breuvage, qu'il l'accepterait sans hésiter.

— Certainement, parce que je serai persuadé que ma femme ne me le donnerait que pour mon bien! riposta-t-il avec un léger sourire de moquerie.

Puis, baissant la voix, et la physionomie devenue tout à coup sérieuse, il demanda:

— Vous semblez fatiguée, Valderez?

— Oh! ce n'est rien, une simple névralgie!

— Prenez donc tout de suite quelque chose pour la faire passer. Cette température orageuse ne peut que l'augmenter encore.

— Oui, je vais monter tout à l'heure.

57

— Allez donc maintenant. Je vois fort bien que vous luttez contre une souffrance très forte. Claude et Madeleine sont là pour finir de veiller à ce que nos hôtes soient servis.

— Et vous détestez voir une personne souffrante, ajoutez-le, Élie, dit Mme de Brayles dont les lèvres pâlissantes se serraient nerveusement. La bonne santé est, à vos yeux, indispensable.

Il riposta d'un ton sec et hautain:

— Pardon! ne vous méprenez pas! Je trouve insupportables les femmes sans cesse préoccupées de leurs malaises imaginaires, et en occupant constamment leur mari. Mais je sais comprendre une souffrance réelle, y compatir et faire en sorte de la soulager. Soyez sans crainte, je ne suis pas un monstre, comme vous semblez le croire charitablement, Roberte.

Il laissa échapper un petit rire railleur et se leva pour répondre à un appel de sa mère, qui lui demandait de jouer une récente composition musicale d'un jeune Roumain protégé par lui.

Valderez s'était rapprochée de la table à thé et informait à mi-voix Madeleine de Vérans de l'absence momentanée qu'elle allait faire. Comme elle se détournait pour quitter le jardin d'hiver, elle se trouva en face de Mme de Brayles.

— Allez vite vous soigner, chère madame, dit la voix chantante de la jeune veuve. Quoi qu'en dise M. de Ghiliac, il trouve insupportables les femmes souffrantes. La mère de Guillemette en a su quelque chose! Sujette à de trop fréquents malaises, elle voyait son mari prendre alors le train pour Vienne ou Pétersbourg, à moins qu'il ne s'en allât vers les Indes ou le Groenland. C'était une façon charmante d'aider à l'amélioration de cette pauvre petite santé, étant donné surtout qu'elle ne vivait plus hors de sa présence! Ah! les hommes! les hommes!

Les beaux sourcils dorés de Valderez se rapprochèrent, sa voix prit un accent très froid pour répliquer:

— Il est bien difficile, madame, de savoir quelle est, dans un ménage, la part de responsabilité de l'un et de l'autre. Mieux vaut ne pas juger — et ne pas en parler inconsidérément.

Elle inclina légèrement la tête et sortit du jardin d'hiver, laissant Mme de Brayles un peu abasourdie par la fière aisance de cette réponse, qui était une leçon donnée sans ambages, comme se le répétait rageusement Roberte.

Valderez monta à chambre, prit un cachet d'aspirine et redescendit aussitôt. Mais, au lieu de regagner les salons, elle s'arrêta dans le salon blanc. Cette pièce lui était entièrement réservée, c'est là qu'elle venait travailler lorsqu'elle trouvait un moment de loisir. Elle était constamment garnie des fleurs les plus belles provenant des serres et des jardins d'Arnelles, choisies chaque jour avec un soin minutieux par le jardinier-chef, sur les ordres de M. de Ghiliac.

Valderez s'approcha d'une porte-fenêtre qu'elle ouvrit. L'air devenait presque irrespirable. De lourdes nuées noires tenaient des masses d'eau suspendues au-dessus de la terre et assombrissaient lugubrement les eaux du lac. Aucun souffle de vent n'agitait les feuillages, une immobilité pesante régnait dans l'atmosphère.

Du salon de musique, les sons du piano arrivaient à l'oreille de Valderez. Elle eût reconnu entre mille ce jeu souple et ferme, si profondément expressif, qu'elle avait écouté souvent avec un secret ravissement.

— Quand vous jouez, papa, maman écoute si bien qu'elle ne m'entend pas entrer, avait dit un jour Guillemette.

Et elle l'écoutait encore en ce moment, un peu frémissante, cherchant à saisir, sous les phrases musicales exprimées avec une exquise délicatesse, quelque chose de l'âme du musicien.

De sourds grondements se faisaient entendre. L'orage se rapprochait et de larges gouttes de pluie tombaient déjà, s'écrasant sur le sol de la terrasse.

Sa pensée se reportait vers Mme de Brayles. Cette jeune femme lui déplaisait de plus en plus. Son insinuation de tout à l'heure était complètement déplacée. Et il était impossible à Valderez de ne pas remarquer ses manœuvres de coquetterie à peine déguisées autour d' Élie, — non moins d'ailleurs que la froideur de plus en plus accentuée de celui-ci à l'égard de son amie d'enfance.

Depuis quelque temps, Valderez se demandait si les torts de M. de Ghiliac envers sa première femme avaient été tels que semblaient le faire croire les paroles dites naguère par la marquise douairière, et celles prononcées tout à l'heure par Roberte. En tout cas, il n'était pas impossible que Fernande en eût aussi, qui pouvaient peut-être expliquer, sinon excuser complètement ceux de son mari. Claude l'avait montrée à Valderez frivole et exaltée, peu intelligente, incapable de comprendre une nature comme celle d'Élie, tellement jalouse qu'elle épiait toutes ses sorties et lui adressait des reproches accompagnés de crises de nerfs aussitôt que le moindre soupçon lui venait à l'esprit. Évidemment, ce n'était pas le moyen de gagner le cœur d'un homme de ce caractère.

Et au fond, maintenant, — bien qu'elle ne s'expliquât toujours pas son attitude le jour de leur mariage et les mois suivants, — Valderez le croyait bon, susceptible de procédés délicats, comme le démontrait sa conduite à son égard. Depuis quelque temps, elle sentait chaque jour s'écrouler, tout doucement, quelque chose de cette barrière qui s'était dressée entre eux. Et les prunelles bleues se faisaient si étrangement caressantes en se posant sur elle!

Un éclair enveloppa tout à coup la jeune femme. Un grondement sec se prolongea, faisant trembler les vitres.

Valderez recula machinalement. Une autre lueur fulgurante venait d'éclairer son esprit, lui montrant en toute clarté le sentiment qui s'était développé en elle, qui y régnait maintenant. Elle aimait Elie... elle l'aimait de telle sorte qu'elle souffrirait profondément s'il s'éloignait d'elle encore.

Oui, ce n'était plus le devoir seul, comme elle le croyait tout à l'heure, qui l'attachait à lui. Elle aimait cet homme énigmatique, amour timide et tremblant qui n'aurait osé se montrer et s'épanouir, car une défiance flottait toujours dans l'âme de Valderez, comme une trace subtile du poison versé par une main criminelle.

Et précisément, l'avertissement de sa belle-mère lui revenait à l'esprit: "Peut-être se plaira-t-il à faire naître en vous des impressions qu'il analysera ensuite dans un prochain roman." Ah! si cela était!... et s'il savait...

Non, il ne saurait pas! Elle lui déroberait son secret, tant qu'elle ignorerait ce qui se cachait sous la douceur tendre de ce regard qui faisait battre son coeur.

Elle répéta avec un mélange d'angoisse et de bonheur:

— Je l'aime!... Je l'aime!

Au dehors, la pluie tombait maintenant avec violence, et sans que la jeune femme, absorbée dans ses pensées, s'en aperçût, elle mouillait la robe de crêpe de Chine rose pâle ornée de délicates broderies, qui donnait aujourd'hui un éclat particulier à sa beauté.

Elle se rendait compte, maintenant, de l'impression produite sur lui par l'aveu naïvement fait de l'impossibilité où elle se trouvait de l'aimer. Une telle déclaration avait dû sembler singulièrement mortifiante à cet homme idolâtré, — venant surtout de cette humble jeune fille qu'il avait daigné choisir et qui devait exciter l'envie de toutes les femmes. Son orgueil n'avait pu le supporter, — et Valderez avait porté la peine de sa franchise. Avait-il peu à peu réfléchi? Se disposait-il à oublier et à pardonner?

Depuis un moment, le piano avait cessé de se faire entendre. Une silhouette masculine apparut tout à coup au seuil d'une porte restée ouverte, au moment où une nouvelle lueur éclairait la jeune femme immobile.

— Mais à quoi songez-vous donc? s'écria la voix d'Elie, vibrante et inquiète.

Saisie par cette apparition subite au moment où elle pensait à "lui" si intimement, Valderez sursauta et eut un mouvement en arrière.

M. de Ghiliac, qui s'avançait vers elle, s'arrêta au milieu du salon.

— Vous ai-je donc fait peur? dit-il froidement.

— Non... mais je ne vous avais pas entendu... et, d'ailleurs, je suis un peu énervée par l'orage, balbutia-t-elle en rougissant.

— Je vous prie de m'excuser, dit-il avec la même froideur. Il est vrai que je suis entré un peu brusquement... Mais comment restez-vous là avec cette robe légère? La température a extrêmement fraîchi, et vos névralgies ne vont pas se trouver bien d'un traitement de ce genre, j'imagine. En souffrez-vous toujours?

— Oui, toujours autant.

Il dit d'un ton adouci:

— Je crois que tout ce mouvement, que cette existence à laquelle vous n'êtes pas accoutumée vous fatiguent. Reposez-vous donc complètement ce soir, retirez-vous dans votre appartement, je me charge de vous excuser près de nos hôtes.

— Oh! non, pas pour une névralgie! Il n'est pas dans mes habitudes de me dorloter ainsi.

— Eh bien! vous le ferez pour m'obéir. Et une autre fois, quand il y aura de l'orage, vous ne resterez pas près d'une fenêtre, de manière à recevoir la pluie sur vous.

— Vraiment, je n'y pensais pas! murmura-t-elle.

Elle passa la main sur son front. Ses nerfs étaient sans doute très tendus, car elle sentait des larmes qui lui montaient aux yeux. Très vite, pour qu'il ne les vît pas, elle tendit la main à M. de Ghiliac:

— Puisque vous l'exigez, je remonte. Bonsoir, Elie.

Ses doigts frémirent un peu sous la caresse du baiser qui les effleurait.

— Bonsoir, Valderez! Reposez-vous bien, et revenez-nous demain complètement délivrée de cette névralgie.

Il la regarda s'éloigner, puis, machinalement, vint s'asseoir près de la table où se trouvait l'ouvrage de Valderez. Appuyant son front sur sa main, il murmura avec amertume:

— Encore ce recul... Et j'ai vu des larmes dans ses yeux. Qu'a-t-elle donc? Cette âme limpide, rayonnant dans ses yeux pleins de lumière, ne livre pas son secret. Mais je ne puis plus vivre ainsi. Il faut que je sache ce qui existe sous cette soumission gracieuse, sous cette douceur charmante... Il faut que je sache si je suis aimé. Car, en vérité, je connais tout de cette âme droite et candide — sauf cela. Et ne serait-ce pas parce qu'elle l'ignore elle-même?

XVII

"Je regrette vraiment, ma chère Gilberte, que vous n'ayez pas consenti à m'accompagner à Arnelles. L'automne y est particulièrement délicieux cette année et vous auriez pu assez facilement vous isoler quelque peu de l'existence trop mondaine que l'on y mène. La jeune châtelaine elle-même vous y aurait aidée, car elle vous comprendrait si bien! Ah! la merveilleuse créature! Si jamais je pensais, en offrant à Elie votre pauvre petite filleule, qu'elle serait cette femme idéale dont personne — même pas celles qui la haïssent — ne songe à contester la beauté sans défaut et la grâce aristocratique! Et je vous avoue que j'ai été absolument stupéfait en voyant avec quelle aisance elle faisait les honneurs de chez elle.

"Quel changement pourtant avec ses Hauts-Sapins! Je me rappelle ses pauvres vieilles robes, qu'elle faisait durer tant qu'elle pouvait. Et maintenant, elle paraît tout aussi à l'aise dans ses toilettes, dont la moindre a été payée une somme qui eût suffi à faire vivre sa famille pendant plusieurs mois. Des toilettes choisies par Elie! C'est tout dire, n'est-ce pas? Son sens si vif de l'harmonie et de la beauté, le tact, le goût sérieux et délicat de Valderez devaient nécessairement écarter toutes les exagérations, toute la laideur et l'inconvenance des accoutrements féminins actuels. Aussi, votre filleule est-elle exquise et admirée au-dessus de toutes. Aussi inspire-t-elle un respect auquel les autres sont en train de perdre leur droit.

"Et le plus étonnant, à mes yeux, est que cette enfant ne semble aucunement grisée par un pareil changement d'existence! L'autre soir, je lui faisais compliment d'une certaine robe mauve garnie d'un point d'Argentan qui m'a paru d'une extraordinaire beauté et a fait, je le sais pertinemment, bien des envieuses, — à commencer par Herminie, qui n'en possède pas de semblable. Elle me répondit avec ce sourire ravissant dont je vous ai parlé:

"— Je suis moins fâchée de porter des dentelles de ce prix depuis que je sais qu'elles font vivre des ouvrières bien intéressantes et que j'aide ainsi au rétablissement d'une industrie qui permet aux femmes de travailler chez elles. Mais cela... cela!...

"Elle désignait les diamants qu'elle portait ce soir-là.

"— ...Figurez-vous, mon cousin, que je n'ose plus mettre mon collier de perles depuis que Claude m'a appris ce qu'il valait. C'était justement, de toutes mes parures, celle que je préférais. Mais c'est épouvantable, une pareille fortune qui dort, sans profiter à personne.

"— Elle ne profite pas davantage dans son écrin que sur vos épaules, ma chère enfant, répliquai-je en riant, bien qu'au fond je fusse ému de ce scrupule qui n'existe certes chez aucune de ces dames, même chez Claude, si sérieuse qu'elle soit devenue.

"— Evidemment. Mais enfin, c'est fou de la part d'Elie, n'est-ce pas, mon cousin? Et je vous avoue que le luxe outré qui règne ici, le train de vie que l'on y mène sont un peu effrayants pour moi.

"Elle était délicieuse en parlant ainsi avec son air de grave simplicité.

"— Eh bien! il faut obtenir de votre mari qu'il change un peu cela, répliquai-je.

"Elle rougit légèrement, et mit la conversation sur un autre sujet.

"De plus en plus, je suis persuadé qu'Elie en est profondément épris. Et déjà elle l'a changé. Comme je vous le disais dans ma dernière lettre, il est plus sérieux, moins sceptique et moins railleur. C'est, en outre, un jeune père charmant, très affectueux, et de plus, lui, qui ne se souciait pas des enfants, s'intéresse à ses neveux, aux Serbeck du moins, car François et Ghislaine de Trollens sont d'insupportables petits poseurs qu'il ne peut souffrir. On sent aussi qu'il exerce autour de sa femme une sollicitude discrète, mais incessante. Il paraît — c'est Claude qui m'a raconté le fait — que, quand sa mère présenta à son approbation la liste des invités aux séries d'Arnelles, il effaça plusieurs noms, entre autres celui de la comtesse Monali, qui a des toilettes si choquantes; de Mme de Sareilles, dont la réputation laisse fort à désirer; du marquis de Garlonnes, dont le divorce scandaleux a fait, l'année dernière, les plus beaux jours de la presse. Puis il a signifié à Eléonore, grande directrice du théâtre d'Arnelles, qu'il voulait que tous les projets de représentation lui passassent sous les yeux, car il n'entendait pas que l'on vît chez lui, comme cela s'est produit l'année dernière, des spectacles qui pussent offenser tant soit peu la morale.

"Vous devinez d'ici la fureur — concentrée naturellement — d'Herminie et d'Eléonore. M. de Garlonnes est un acteur mondain de premier ordre, la comtesse Monali a une voix superbe. Mme de Sareilles possède un entrain endiablé pour organiser des divertissements. Quant à la question théâtre, c'est l'arche sacro-sainte pour Eléonore, en passe de devenir une cabotine parfaite. Naturellement — et non sans raison — on a vu là l'influence de Valderez. Il est bien facile de s'apercevoir qu'Elie écarte d'elle, autant qu'il le peut, tout ce qui serait susceptible de la froisser. Il a compris certainement cette âme délicate, il l'admire et la préserve. Mais ce que peut faire cet homme en apparence si blasé, si sceptique et si froid, sa mère et Eléonore en sont incapables. L'âme de Valderez dépasse la compréhension de leurs âmes mesquines et envieuses, qui se contentent d'un minimum de moralité confinant souvent à l'amoralité.

"Cependant, elles n'osent lui susciter des tracasseries. Elie ne supporte pas qu'un blâme effleure sa femme, ainsi qu'Herminie a pu en avoir la preuve lorsqu'elle en a essayé, deux ou trois fois. Maintenant, elle n'y revient plus. Mais quelles rancunes couvent là-dessous!

"Vous me demandez ce que devient Roberte de Brayles? Elle est constamment à Arnelles, plus souvent que les années précédentes, tourne sans cesse autour d'Elie et prend des allures de coquetterie provocante que ne paraît pas décourager la froideur de plus en plus glaciale de Ghiliac. Valderez ne peut manquer de s'apercevoir de ce manège. Et Elie s'en inquiète, car il m'a dit hier, en revenant du tennis:

"— Il faudra qu'à la première occasion je fasse comprendre à Mme de Brayles qu'elle ait à rester chez elle.

"Il avait, en disant cela, un certain air qui me donne à penser que Roberte n'aura pas l'idée d'y revenir, le jour où elle recevra cet ultimatum. Et je crois aussi, d'après quelques mots dits par lui, qu'il est très désireux d'éloigner de Valderez une femme qui doit, naturellement, la haïr de toutes les forces de son âme.

"La chère enfant est, d'ailleurs, entourée de jalousies effrénées. Mais la vigilance de son mari me rassure pour elle. J'avais raison de penser que cet homme-là valait beaucoup mieux que les apparences. Il est charmant pour moi. Est-ce par reconnaissance pour la perle rare que je lui ai procurée? C'est possible, car, je vous le répète, je le crois très amoureux.

"Et elle? Comment penser qu'elle ne l'est pas aussi? C'est inadmissible, étant donné surtout qu'Elie semble absolument parfait pour elle, et qu'elle n'a rien à lui reprocher, puisqu'il a même supprimé complètement ses petits "flirts d'études", comme il disait. Mais, alors, elle tient à bien cacher ses sentiments, car même devant nous, ses parents, elle est à son égard d'une réserve qui semblerait plutôt le fait d'une étrangère que d'une épouse. La chose me paraît d'autant plus singulière qu'elle se montre par ailleurs, pour Claude et Karl, pour le bon duc de Versanges et sa femme, pour moi-même, d'une spontanéité charmante et très affectueuse.

"Donnez-moi donc votre avis à ce sujet, ma chère Gilberte, ou plutôt, non, venez me l'apporter vous-même. Quoi que vous en disiez, le climat de Biarritz ne vous est pas indispensable. Et Valderez m'a chargé d'insister beaucoup près de vous, car elle désire vivement vous voir.

"Noclare est arrivé la semaine dernière, avec Roland. Il est redevenu fringant, et paraît vivre ici dans un émerveillement perpétuel. Son gendre est pour lui une divinité. Il a toujours la même pauvre cervelle, mais, fort heureusement, il ne l'a pas léguée à son aîné. Quel charmant garçon que ce Roland! Le portrait moral de sa soeur, d'ailleurs. Cela dit tout.

"Nous continuons la série de ces superbes chasses à courre qui ont fait la réputation d'Arnelles plus encore que toutes les merveilles de ce domaine. Elie est toujours passionné là-dessus; c'est un trait de race. Ses ancêtres ont tous été d'ardents veneurs. Valderez suit les chasses à cheval, elle monte admirablement et est l'amazone la plus ravissante qui se puisse rêver. Mais elle ne peut supporter de voir forcer le cerf et se tient toujours à l'écart, avec Claude qui a la même répugnance. Roberte, au contraire, ne boude pas devant la poursuite, ni devant le spectacle de l'hallali. Peut-être aussi, connaissant les goûts d'Elie, croit-elle ainsi lui plaire. En ce cas, elle se trompe bien, car il m'a dit l'autre jour, comme nous revenions d'une certaine chasse au faucon, qui avait été pour les amateurs un régal de choix:

"— Je ne puis blâmer absolument les femmes qui aiment les émotions de la chasse, mais je trouve pourtant infiniment plus délicat et plus féminin — et plus attirant aussi, pour nous autres hommes — le mouvement qui les éloigne de ce sport sanguinaire.

"— Comme Valderez? ripostai-je en souriant.

"— Comme Valderez, oui. Elle perdrait à mes yeux quelque chose de son charme si je la voyais, comme Eléonore, Roberte et d'autres, assister impassible à la mort d'un animal. La sensiblerie est ridicule, mais la sensibilité est une des plus exquises parmi les vertus féminines, — lorsqu'elle est bien dirigée, ce qui est le cas pour ma femme.

"Eh bien! Gilberte, quand je vous disais?... L'aime-t-il oui ou non?"

* * *

Valderez, assise dans le salon blanc, finissait d'écrire à sa mère. Comme elle attirait à elle une enveloppe pour inscrire l'adresse, elle vit entrer M. de Noclare, tout pimpant, s'essayant visiblement, comme les snobs de l'entourage de M. de Ghiliac, à copier l'allure et le tenue de son gendre.

— Je voudrais te parler, mon enfant. Mais tu es occupée?

— Non, mon père, j'ai fini. Asseyez-vous donc.

Il prit place sur un fauteuil près d'elle, tout en jetant un coup d'oeil extasié autour de lui.

— Dire que c'est ma fille qui est la maîtresse de toutes ces splendeurs! Que te disais-je, Valderez, au moment de la demande d'Elie? Regrettes-tu d'avoir accepté, maintenant?

Il riait en se frottant les mains. Elle détourna les yeux, sans répondre, tandis que M. de Noclare, toujours loquace, poursuivit:

— Tu es une reine ici… et je vais avoir recours à ton pouvoir. Figure-toi que pendant mon séjour à Aix, cet été, j'ai joué… un peu, et j'ai eu la malchance de perdre. J'ai écrit alors à Elie pour lui demander de m'avancer un trimestre de la pension qu'il nous fait, sans lui dire au juste pourquoi. Il m'a répondu en m'envoyant la somme, "sans préjudice de celle qui vous sera adressée comme à l'ordinaire", ajoutait-il fort aimablement.

— Oh! mon père!

Elle le regardait avec une expression de douloureux reproche qui fit un instant baisser les yeux de M. de Noclare.

Il se mit à tourmenter nerveusement sa moustache grisonnante.

— Eh bien! oui, je n'ai pas été raisonnable… surtout la seconde fois.

— Comment la seconde fois?

— Oui, je suis retourné à Aix dernièrement, pour tâcher de me rattraper. Mais décidément, il n'y avait rien à faire. J'ai perdu encore…

Une exclamation s'échappa des lèvres tremblantes de Valderez.

— … Mon partenaire, fort galant homme, m'a donné du temps. Cependant, je ne puis tarder davantage. Or, ton mari seul peut me venir en aide. Il faut que tu lui demandes…

— Moi? dit-elle vivement avec un geste de protestation.

— Oui, toi, parce que tu obtiendras la chose plus facilement que moi. D'ailleurs Elie, bien qu'il soit fort aimable à mon égard, me paraît intimidant dès qu'il s'agit de solliciter de lui quelque chose. Puis venant de ta bouche, la somme — quarante mille francs — lui paraîtra insignifiante. Cette petite broche que tu portes aujourd'hui à ton corsage vaut au moins cela…

Valderez se leva vivement, toute frémissante.

— Quarante mille francs! Est-ce possible? Jamais je n'oserai demander cela à Elie après tout ce qu'il a fait déjà pour ma famille!

— Allons donc, qu'est-ce que cela pour lui? Comme tu t'émeus pour peu de chose, ma fille! Il sera trop heureux, au contraire, que tu lui donnes une occasion nouvelle de te faire plaisir. Et moi, je te promets de ne plus toucher à une carte, j'ai trop peu de veine. Mais il faut m'aider à sortir de ce mauvais pas.

— Oh! vous ne savez pas ce que me coûterait une telle démarche! Demandez-lui vous-même, mon père!

Il eut un geste d'impatience irritée.

— Comme tu es empressée à me rendre service et à m'épargner un ennui! C'est charmant, en vérité!

— Eh bien! je lui en parlerai! dit-elle avec un geste résigné.

Il lui prit les mains et les serra avec force.

— A la bonne heure! Pourquoi te faire prier pour une chose si facile, et si naturelle?

Valderez eut envie de lui répondre:

— Vous ne la trouvez pas si facile et si naturelle, puisque vous n'osez pas en parler vous-même à Elie.

Quand M. de Noclare se fut éloigné, Valderez enferma sa lettre dans l'enveloppe, sonna pour la remettre à un domestique, puis elle gagna la terrasse où, par ces belles matinées automnales, presque tièdes, aimait à se tenir la duchesse de Versanges, entourée d'un cercle plus ou moins nombreux, selon l'heure et les occupations de chacun.

En ce moment, elle n'avait près d'elle que M. d'Essil, Madeleine de Vérans et son fiancé, et Mme de Ghiliac, encore en tenue d'amazone, car elle venait de rentrer d'une promenade à cheval et s'était arrêtée au passage sur la terrasse.

— Je croyais trouver Elie ici, dit Valderez.

— Elie? Il est dans la roseraie, répondit Mme de Ghiliac. En passant tout à l'heure par l'allée haute du parc, nous l'avons aperçu avec la princesse Ghelka, qui cueillait des roses.

Sous ses paupières un peu abaissées, elle jetait un coup d'oeil sur sa belle-fille. Mais Valderez se trouvait tournée un peu de côté, et l'expression de sa physionomie échappa à la marquise.

— Les voilà, dit M. d'Essil.

Elie arrivait en effet, et près de lui marchait la princesse Ghelka, dont les bras retenaient une gerbe de roses. En arrivant sur les degrés de la terrasse, elle l'éleva au-dessus de sa tête.

— Voyez donc! Elles sont magnifiques!

— Vraiment, chère princesse, vous avez été l'objet d'une prodigalité bien rare! s'écria en souriant Mme de Ghiliac.

Elie, qui atteignait en ce moment le dernier degré de la terrasse, tourna les yeux vers elle en ripostant froidement:

— En vérité, ma mère, ne savez-vous pas depuis longtemps que je n'ai jamais refusé à une femme, quelle qu'elle soit, les fleurs qu'elle me demandait?

— Non, pas même aux pauvresses, ajouta gaiement le prince Sterkine. Te souviens-tu, Elie, de cette vieille femme qui nous accosta, il y a deux ans, come nous sortions d'une soirée au palais royal de Stockholm, et me demanda l'orchidée que je portais à ma boutonnière, pour sa petite-fille malade qui aimait tant les fleurs?

M. de Ghiliac inclina affirmativement la tête, tout en approchant un siège de celui où venait de s'asseoir sa femme.

— Je la lui donnai, et spontanément, tu lui remis aussi la tienne.

— Eh oui! pauvre vieille! Mais j'ai maintenant un grand remords de n'y avoir pas joint quelque chose de plus substantiel. Le geste n'était pas mal, mais il y manquait quelque chose… N'est-il pas vrai, Valderez, vous qui êtes si experte en charité?

Il s'asseyait près de la jeune femme, et la regardait en souriant, avec une douceur émue qui ne pouvait manquer de frapper ceux qui étaient là.

Elle sourit aussi en répondant:

— Il est certain que votre orchidée n'a pas dû soulager beaucoup, matériellement, ces pauvres femmes. Mais qui sait si elle n'a pas aidé au rétablissement de la jeune fille, par le plaisir que sa vue lui a causé?

— Je veux l'espérer. Mais maintenant, je ferais le geste complet.

— Le demi-geste était déjà charmant, dit en riant Mme de Versanges. Mais faut-il penser, Elie, que vous attachez une importance seulement aux fleurs offertes spontanément?

— Pour mon compte personnel, oui. Je suis ainsi fait, — c'est peut-être une très grave imperfection, — que je considère le don spontané comme le seul dont on puisse tirer une déduction quelconque.

Il souriait à demi, et une lueur d'ironie traversait son regard qui, après avoir effleuré la physionomie mobile de la princesse Ghelka, se portait sur celle de sa mère, légèrement crispée.

— Je suis tout à fait de votre avis, dit M. d'Essil, dont la mine aurait démontré à un observateur la satisfaction que lui causaient les paroles d'Elie. Et ce que vous dites est vrai surtout en affection.

Une petite discussion s'ensuivit, là-dessus, entre la princesse Ghelka et lui. M. de Ghiliac écoutait, silencieux, l'air distrait, en jouant avec un bouton de rose à peine entr'ouvert, qu'il tenait à la main.

— Où allez-vous? demanda-t-il à mi-voix en voyant Valderez se lever.

— Il faut que j'aille dire un mot à miss Ebville, qui doit se trouver dans le parc, avec les enfants.

— Je vous accompagne.

Il se leva à son tour et, se penchant un peu, glissa la rose à la ceinture de la jeune femme:

— C'est une de celles que vous aimez, et je l'ai cueillie pour vous.

M. d'Essil et le prince Sterkine, qui paraissaient s'amuser infiniment, échangèrent un regard malicieux. La blonde Roumaine baissait le nez sur ses roses; Mme de Ghiliac, relevant d'un geste nerveux son amazone, se dirigea vers l'entrée du château.

— Eh bien! est-elle donnée spontanément, cette fleur-là, chuchota M. d'Essil à l'oreille du jeune homme, en regardant un peu après le marquis et sa femme qui s'en allaient vers le parc.

— Oui… comme son cœur, répliqua le prince Michel avec un gai sourire.

A peine Elie était-il un peu éloigné de la terrasse, qu'il demanda:

— Qui donc a indiqué à la princesse Ghelka ma présence dans la roseraie?

— Je l'ignore, Elie.

— Il faudra que je m'informe, car je ne souffrirai jamais que l'on se permette de venir ainsi me poursuivre partout.

Sa voix vibrait d'irritation, et son front se creusait d'un grand pli de contrariété.

Ils contournaient, à ce moment, une des pelouses. Au-delà, ils aperçurent, s'en allant vers les serres, Roland de Noclare escorté de Benaki. Le jeune garçon, que tous les plaisirs mondains d'Arnelles ne tentaient guère, avait entrepris de continuer l'instruction religieuse du négrillon. Et Benaki, ravi, le suivait maintenant comme son ombre.

63

— Ce pauvre Roland m'a appris, hier, que vous n'aviez pu faire changer les idées de votre père relativement à sa vocation? dit M. de Ghiliac.

— Hélas! non! Je me suis heurtée à une décision arrêtée.

— Cependant, cette vocation me paraît sérieuse. J'ai fait causer Roland, je vois la façon dont il se comporte ici, dans ce milieu qui griserait tout autre jeune homme de son âge. De la part de votre père, cela devient un entêtement réel. Vous plairait-il que je lui en parle moi-même, et que j'essaie à mon tour de le faire revenir sur sa résolution?

Valderez eut une exclamation joyeuse.

— Oh! vous feriez cela, Elie? A vous, il n'osera pas refuser. Mais je ne songeais pas à vous le demander, parce que, d'après ce que vous m'aviez dit un jour, je vous croyais un peu dans les mêmes idées que lui.

— Non, je suis d'avis qu'il faut toujours respecter une vocation sérieuse et éprouvée. Je lui en parlerai dès demain… Mais dites-moi donc ce qui vous tourmente? Car je vois fort bien à votre physionomie que vous êtes soucieuse.

Elle rougit un peu. Ce n'était pas première fois que ce terrible observateur lui révélait ainsi qu'elle était de sa part l'objet d'un examen vigilant.

— Il est vrai que je suis un peu inquiète et… bien tourmentée, comme vous le dites, Elie. Mon père vient de m'apprendre tout à l'heure, qu'il avait joué à Aix… et perdu.

— Je le savais. Mais tout cela a été réglé.

— Oui, grâce à votre générosité! dit-elle avec un regard de reconnaissance. Mais, hélas! il a recommencé! Et, cette fois, c'est une somme énorme…

— Combien?

Elle dit en baissant la voix et en rougissant de confusion:

— Quarante mille francs!

— Eh bien! nous verrons encore à le sortir de là. Il ne faut pas vous faire de tracas à ce sujet, surtout!

— Si, car je suis bien inquiète de voir mon père revenir à ses anciennes habitudes, à cette terrible passion qui a été la cause de sa ruine… Et puis, il me coûte beaucoup de penser qu'après avoir tant fait pour les miens, vous êtes obligé encore…

Il l'interrompit d'un geste vif.

— Ne parlons pas de cela, je vous en prie! Ce que je fais est absolument naturel, puisque votre famille est devenue la mienne. Mais je comprends votre inquiétude relativement à votre père. Il faudra que je lui parle sérieusement à ce sujet… Tenez, voyez donc là-bas notre petit diablotin!

Il désignait, tout au bout de l'allée où ils s'étaient engagés,
Guillemette qui courait, poursuivie par ses cousins.

— …Quel entrain elle a maintenant! Et elle se fortifie étonnamment. Quel est donc votre secret, Valderez?

— Je l'ai soignée de mon mieux, voilà tout, et surtout je l'ai aimée, pauvre mignonne!

— Oui! surtout… Dans le coeur est l'étincelle toute-puissante qui opère des miracles de rénovation morale, dans le coeur est la source des grandes révolutions d'âme. C'est en aimant purement, fortement, que l'homme devient vraiment digne de ce nom.

Il prononçait ces mots comme en se parlant à lui-même. Sa voix avait des vibrations profondes, et il y passait un frémissement d'émotion intense.

Valderez ne répliqua rien. Une douceur mystérieuse l'étreignait tout à coup et faisait palpiter son coeur.

Guillemette, ayant aperçu son père et sa belle-mère, accourait vers eux. Un cri perçant retentit tout à coup. L'enfant venait de tomber étendue de tout son long.

M. de Ghiliac et Valderez s'élancèrent d'un côté, miss Ebville de l'autre. Ce fut Elie qui releva la petite fille. Les genoux avaient été fort endommagés par les graviers de l'allée. M. de Ghiliac la prit dans ses bras et Valderez étancha le sang qui coulait. Puis ils revinrent tous vers le château, Guillemette portée par son père qui lui parlait avec douceur en essuyant ses larmes.

Comme ils arrivaient en vue de la terrasse, ils virent Mme de Brayles qui s'apprêtait à en gravir les degrés. En les apercevant, elle revint sur ses pas et s'avança vers eux.

M. de Ghiliac n'avait pu retenir un froncement de sourcils. Et ce fut d'un ton très bref qu'il demanda:

— Que vous arrivez-t-il, Roberte? Vous avez oublié quelque chose hier?

Le ton et la question dérogeaient quelque peu aux habitudes de courtoisie du marquis. Roberte rougit, sa physionomie eut une crispation légère. Mais elle répliqua avec un sourire:

— Aucunement! Je viens déjeuner, comme m'y a invitée hier votre mère, Elie.

— Ah! j'ignorais! dit-il froidement en effleurant du bout des doigts la main qui lui était tendue.

— Qu'a donc cette pauvre petite? interrogea Roberte sans se démonter.

— Elle vient de tomber et s'est abîmé les genoux! répondit Valderez qui, inconsciemment, prenait, elle aussi, une attitude très froide.

— Vraiment? Bah! ce ne sont que des écorchures! Et je m'étonne que vous, Elie, la dorlotiez ainsi.

— Etonnez-vous, Roberte, cela vous est permis… et vous n'en avez pas encore fini avec moi, car on ne m'a pas surnommé pour rien "le sphinx", riposta-t-il avec un sourire de sarcasme. Excusez-nous de vous quitter, mais il faut que nous allions soigner ces pauvres petits genoux-là.

Tandis qu'ils se dirigeaient vers une ses entrées du château, M. de Ghiliac dit à sa femme:

— Je vais prier ma mère d'espacer ses invitations à Mme de Brayles. On ne voit plus qu'elle ici, maintenant. Et je me doute que vous n'avez guère de sympathie pour cette cervelle futile, pas plus que moi, du reste.

— Mais si votre mère aime à la voir souvent?

Un petit rire bref et moqueur s'échappa des lèvres d'Elie.

— Voilà une affection qui aurait poussé bien spontanément! Ma mère, il y a quelques mois, ne pouvait la souffrir. Elle a changé tout à coup… et je sais bien pourquoi, acheva-t-il entre ses dents.

XVIII

Valderez, debout devant la grande psyché, jetait un dernier coup d'oeil sur la toilette qu'elle venait de revêtir. Il y avait, ce soir, au château de la Voglerie, un dîner suivi d'une soirée au cours de laquelle devait être présentée une oeuvre de M. de Ghiliac. Pour cette petite comédie, spirituelle et délicieusement écrite comme toujours, il avait voulu que Valderez lui donnât son avis, lui suggérât des idées, de telle sorte qu'elle avait été, en toute réalité, la collaboratrice de l'écrivain si jaloux auparavant de son indépendance absolue.

La robe de moire blanche à reflets d'argent tombait en plis superbes autour de la jeune femme. Des dentelles voilaient ses épaules, et le collier de perles mettait un doux chatoiement sur la blancheur neigeuse de son cou. Elle n'avait pas un bijou dans sa chevelure, qui était bien, d'ailleurs, le plus magnifique diadème que pût désirer une femme. Et l'élégance sobre et magnifique de cette toilette rendait sa beauté plus saisissante que jamais.

— C'est un rêve de regarder madame la marquise! s'écria la femme de chambre avec enthousiasme.

Valderez eut un sourire distrait. Elle revint vers sa chambre pour prendre son éventail. Son regard tomba sur le bouton de rose cueilli ce matin par Elie, et posé par elle sur une petite table, quand elle s'était déshabillée. Elle le prit entre ses doigts et le considéra longuement.

Il l'avait cueilli "pour elle". S'il fallait en croire les apparences, il ne pensait qu'à elle, il ne cherchait que les occasions de lui plaire, d'éloigner d'elle tout souci. Et tout en lui, ses actes, ses paroles, son regard lui disaient qu'elle était aimée.

Pourquoi craignait-elle encore? Pourquoi se souvenait-elle tout à coup de la plainte angoissée du poète?

Son regard? Je le vois sur moi doux et charmeur,
Mais son âme? Peut-être est-elle froide et sourde?
* * * * *
Ah! qui pénétrerait dans la pensée intime?
Qui la devinerait? Hélas! ô désespoir?
Pour y lire, il n'est pas ici-bas de savoir (1).
[(1) I. R. — G.]

— Non! pas ici-bas! songea-t-elle. Mais vous, mon Dieu! le connaissez, cet être étrange en qui je n'ose croire encore. Vous ne permettrez pas, s'il est sincère, que je conserve encore quelque chose de cette défiance. Il a été vraiment si bon, ce matin!

Elle s'approcha d'un petit socle supportant une Vierge de marbre, glissa la rose au milieu des fleurs trempant dans un vase de cristal et laissa une ardente invocation s'échapper de ses lèvres, de son coeur surtout. Puis elle se dirigea vers la chambre de Guillemette, que sa chute condamnait à l'immobilité pour quelques jours.

— Oh! maman! que vous êtes belle! s'écria l'enfant en joignant les mains. Personne n'est aussi jolie que ma maman chérie, n'est-ce pas, miss Ebville?

— Oh! non! bien certainement! répliqua avec spontanéité la jeune Anglaise, très attachée à Valderez, toujours délicatement bonne à son égard.

— Je voudrais que vous restiez là, près de moi, bien longtemps, maman! dit câlinement la petite fille en baisant la main de sa belle-mère.

— Voyez-vous, cette petite exigeante! Il faut, au contraire, que je m'en aille bien vite pour ne pas faire attendre ton papa.

— Oh! papa ne vous dira rien, maman! Grand'mère disait l'autre jour à tante Eléonore, en parlant de vous: "Elle pourrait bien le faire attendre deux heures qu'il ne lui adresserait jamais un mot de reproche!" Et elle avait l'air en colère, grand'mère! Pourquoi, maman?

— Cela ne te regarde pas, et je t'ai déjà dit que les petites filles mal élevées seules répétaient ce qu'elles entendaient dire par leur grand'mère ou leur tante. Allons! je vais te faire faire ta prière, puis je m'en irai vite.

Elle se courba vers le lit de l'enfant, qui ne pouvait se mettre à genoux ce soir, comme elle en avait la coutume, et passa son bras sous la petite tête brune. Guillemette, joignant les mains, dit lentement sa prière, les yeux fixés sur l'ange qui déployait ses ailes au-dessus du bénitier. La lueur voilée de rose de la lampe électrique éclairait le visage recueilli de l'enfant et celui de Valderez, grave et attentif.

— Mon Dieu! donnez le repos du ciel à maman Fernande! Faites que mon cher papa vous connaisse et vous aime, ajouta l'enfant en terminant.

Et tout aussitôt, elle s'exclama:

— Mais le voilà, papa!

La porte, demeurée entr'ouverte, et qui remuait légèrement depuis un instant, venait de s'ouvrir toute grande, livrant passage à M. de Ghiliac en tenue de soirée.

— Suis-je en retard, Elie? demanda Valderez.

— Oh! très peu! L'automobile aura vite fait de rattraper cela. Et cette blessée, comment va-t-elle?

— Assez bien. Avec un peu de repos, tout se passera comme il faut, je l'espère.

— Plusieurs jours de repos, entendez-vous, mademoiselle la petite folle? Voilà une dure punition… Allons! bonsoir, ma petite fille, et fais de beaux rêves avec les anges.

Il se pencha sur le lit et l'enfant lui jeta ses bras autour du cou.

— Oh! papa! je rêverai à maman! Elle est si belle! Et les anges ne doivent pas être meilleurs qu'elle!

— Enfant, la vérité sort de ta bouche. Valderez, malgré votre éloignement pour les compliments, il vous faut accepter celui de notre petite Guillemette.

Un regard d'admiration profonde et tendre enveloppait Valderez. Elle rougit légèrement et se pencha pour prendre la sortie de bal déposée en entrant sur un fauteuil. M. de Ghiliac l'aida à s'en revêtir, et, lorsqu'elle eut embrassé Guillemette, ils s'éloignèrent tous deux.

Le trajet, d'ailleurs assez court, fut silencieux. Valderez avait une menace de migraine qui la rendait somnolente. Cependant, il n'y avait plus trace, à l'intérieur de cette voiture, du parfum qui l'avait naguère impressionnée si désagréablement. M. de Ghiliac l'avait banni de partout et remplacé par la fine senteur d'iris, discrète et saine, qu'aimait la jeune marquise.

Si Valderez avait jamais désiré des satisfactions d'amour-propre, elle eût atteint, ce soir, le comble du bonheur. De l'avis de tous, jamais elle n'avait été plus idéalement belle. Et personne n'ignorait — M. de Ghiliac avait tenu à le faire savoir — qu'elle avait été la collaboratrice de son mari dans l'exquis petit chef-d'oeuvre qui se jouait sur le théâtre de la Voglerie.

C'était un triomphal succès pour la jeune châtelaine d'Arnelles. Elle n'en paraissait point enivrée le moins du monde, et accueillait avec une grâce simple et réservée les compliments enthousiastes, l'encens subtil des admirations et des louanges que l'on brûlait devant elle comme devant son mari.

Mme de Ghiliac assistait la rage au coeur à ce triomphe de sa bru. Ce qu'elle avait tant redouté s'était produit: la jeune marquise rejetait dans l'ombre celle qui avait tenu si longtemps le sceptre de l'élégance et de la beauté. A quoi lui servaient la splendeur de sa toilette, les savants artifices destinés à entretenir son apparente jeunesse, les diamants qui la paraient? — les célèbres diamants de famille qu'elle n'avait eu jamais l'idée d'offrir à sa bru, et qu'Elie, par déférence, ne lui avait jamais demandés. Oui, à quoi lui servait tout cela, près de cette Valderez qui portait, elle aussi, des parures royales, qui possédait sa beauté sans rivale, son charme si pur devant lequel tous s'inclinaient, et, en outre, recevait maintenant comme un reflet de la célébrité littéraire de son mari.

Mais elle avait encore quelque chose de plus précieux, de plus rare que tous ses joyaux, — l'amour d'Elie.

L'affection jalouse de la mère frivole et idolâtre ne pouvait supporter cette pensée. La froideur déférente de son fils lui avait paru jusqu'ici inhérente au caractère d'Elie. Mais elle se doutait maintenant qu'il pouvait être tout autre, — et elle savait que Valderez serait heureuse.

A tout instant, des gens plus ou moins bien intentionnés venaient lui faire des compliments sur sa belle-fille. Bientôt, excédée, le coeur gonflé de rancune, elle se retira, sous

66

prétexte de chaleur, dans un petit salon moins éclairé, destiné aux personnes désireuses de trouver un peu de repos.

Cette pièce était vide. Mais Mme de Ghiliac y était à peine depuis cinq minutes lorsqu'un bruissement de soie lui annonça que quelqu'un allait troubler sa solitude. Et une rougeur de colère lui monta au visage en voyant apparaître Valderez au bras du comte Serbeck.

— Ah! vous êtes ici, ma mère? Vous cherchez aussi une relative fraîcheur?… je vous remercie, Karl. Laissez-moi maintenant. Je vais me reposer un peu, car vraiment cette migraine augmente et me rend mal à l'aise.

— Si je prévenais Elie? Vous pourriez rentrer à Arnelles…

— Pourquoi le déranger? J'attendrai fort bien ici, dans le calme et la lumière atténuée.

— Oh! j'imagine qu'il ne tient guère à s'attarder! dit le comte avec un sourire d'amicale malice. Et je vais décidément le prévenir, car vous avez vraiment la mine fatiguée.

— Non, Karl, non!

Mais, sans l'écouter, le comte Serbeck sortit du salon.

Valderez s'approcha d'une fenêtre et l'entr'ouvrit pour offrir un instant son visage brûlant à l'air frais du dehors.

— Vous êtes bien imprudente, madame! Avez-vous donc envie de mourir comme la mère de Guillemette?

Elle se détourna au son de cette voix chantante et ironique. Mme de Brayles se tenait au seuil du salon.

— J'ignore comment elle est morte, dit froidement Valderez.

— Ah! vraiment?…

Roberte s'avança et vint se placer près de la jeune marquise. Celle-ci rencontra ses prunelles changeantes qui brillaient d'un éclat mauvais.

— …Oh! elle est morte d'une manière bien banale, bien fréquente! C'était à une matinée à l'ambassade d'Espagne. Elle avait beaucoup dansé et, ayant extrêmement chaud, se plaça imprudemment près d'une fenêtre ouverte. Dans l'animation de la causerie, elle n'y accorda pas d'attention, et personne, autour d'elle, ne s'aperçut du danger qu'elle courait… Non, pas même son mari qui se tenait pourtant à peu de distance. Quelques jours plus tard, une congestion pulmonaire emportait cette pauvre Fernande. Vous voyez qu'il y a rien là que de très ordinaire?

— Très ordinaire, en effet, mais bien triste aussi, car cette pauvre jeune femme laissait son enfant après elle.

— Oui, et avec un père qui s'en souciait beaucoup moins que de son chien favori… Puis-je vous demander de fermer cette fenêtre, madame? Ce petit filet d'air me donne le frisson. C'est que je n'ai pas du tout envie de m'en aller comme Fernande! Elle, la pauvre chère, n'en a peut-être pas été fâchée, après tout! Sa santé était devenue si frêle, avec tous les soucis intérieurs qui étaient son lot, depuis le jour de son mariage! Et elle devait bien se rendre compte que jamais l'union ne serait possible entre le caractère d'Elie et le sien.

— Evidemment, c'était impossible, dit la voix brève de la marquise douairière qui, jusque-là, était demeurée silencieuse. La pauvre Fernande était absolument incapable de lui inspirer même l'attachement éphémère qu'il pourrait accorder à une autre femme, plus intelligente et plus fine.

— C'est pourquoi on a pu colporter ce bruit stupide, invraisemblable…

Mme de Ghiliac se redressa brusquement sur son fauteuil.

— Taisez-vous, Roberte! Ne rappelez pas cet odieux potin de salon!

Les lèvres de Roberte eurent ce mouvement particulier à celles du félin qui s'apprête à déchirer une proie palpitante, et, de côté, son regard glissa vers la belle jeune femme qui s'était un peu détournée et redressait la tête, pour montrer sa désapprobation du tour que prenait l'entretien.

— Un potin ridicule, en effet! Personne n'y a cru. Voyez donc, madame, ce que c'est que le monde! Il a suffi que l'on connût la désunion qui existait entre M. de Ghiliac et Fernande, pour qu'aussitôt, parti je ne sais d'où, se répandît le bruit que… lui seul s'était aperçu du danger couru par sa femme.

Valderez eut un brusque mouvement, et son regard, fier et anxieux à la fois, se posa sur la jeune veuve.

— Je ne comprends pas, madame, que vous répétiez devant moi ces racontars!

— Mais oui, de simples racontars, et qui n'ont rien enlevé à la considération fétichiste dont on entoure M. de Ghiliac. Il paraît que le fait de rester muet et impassible lorsqu'on voit un air presque sûrement mortel caresser les épaules moites d'une jeune femme délicate n'entre pas dans la catégorie des fautes impardonnables.

— Roberte, taisez-vous! s'écria presque violemment Mme de Ghiliac.

— Oui, taisez-vous, madame! dit Valderez d'un ton de fière autorité. La plus élémentaire délicatesse aurait dû vous interdire de répéter cette calomnie devant la mère et la femme du marquis de Ghiliac.

Roberte devint pourpre. Et dans le regard qui se fixait sur elle, Valderez vit luire une rage haineuse qui la fit frissonner.

— Vous n'y croyez pas non plus? C'est votre devoir, et nous savons que pour vous le devoir passe avant tout. Vous êtes la femme modèle, pourvue de toutes les perfections…

— Mais, en vérité, dans quelle veine de compliments êtes-vous donc ce soir, Roberte? dit la voix moqueuse de M. de Ghiliac.

Il entrait dans le petit salon, et son regard pénétrant effleurait tour à tour le visage contrarié de sa mère, celui de Mme de Brayles, rouge et animé, et la physionomie émue de Valderez.

Roberte, troublée par cette apparition inattendue, balbutia quelques mots en détournant son regard gêné. M. de Ghiliac s'approcha de sa femme et dit d'une voix qui, tout à coup, prenait des vibrations singulièrement douces:

— Karl vient de m'apprendre que vous paraissiez fatiguée, et je vois aussitôt qu'il ne s'est pas trompé. Votre migraine a augmenté?

— Oui, beaucoup. Je me sens vraiment mal à l'aise.

Un frisson agita ses épaules.

— Alors, partons vite! Vous auriez dû me le dire plus tôt. La chaleur de ces salons donnerait la migraine à qui n'y serait pas disposé.

— Je n'aurais pas voulu vous déranger…

— Ah! que m'importe! Je me soucie bien d'autre chose que de cela! dit-il avec un geste dédaigneux vers les salons d'où arrivaient les sons d'un air hongrois très à la mode cette année-là.

Il prit rapidement congé de sa mère, salua d'un mouvement de tête, plein de hauteur distante, Mme de Brayles qui n'avait pas encore repris son aplomb, et sortit du salon avec sa femme.

Roberte, portant à ses lèvres son petit mouchoir garni de dentelles, y mordit à pleines dents.

— Ah! oui, que lui importe! murmura-t-elle d'une voix rauque. Que lui importe tout! Pour lui, il n'existe qu'elle au monde. Les autres mendient en vain des parcelles de son cœur. Il n'y a rien, rien pour elles… rien pour vous non plus, sa mère! Elle est tout pour lui, il n'a que cette affection unique.

Le visage de Mme de Ghiliac se contracta. Sans répondre, elle détourna la tête et parut s'absorber dans une songerie pénible, tandis qu'en face d'elle Roberte tordait machinalement entre ses doigts la mince batiste.

Au départ de la Voglerie, M. de Ghiliac avait jeté cet ordre au chauffeur: "Pressez, Thibaut!" Valderez, à peine dans la voiture, était tombée dans une sorte de torpeur. Elle ne s'apercevait pas qu'un regard anxieux ne la quittait pas, épiant la moindre contraction de son visage pâli; elle n'avait qu'une impression vague, mais pourtant très douce, d'être entourée d'une vigilante sollicitude, de sentir de temps à autre une main soigneuse relever la couverture que le mouvement de la voiture faisait glisser. Un impérieux désir de repos, de solitude s'emparait d'elle; il lui semblait qu'alors le cercle qui étreignait son front, la douleur lancinante qui martelait son crâne disparaîtraient instantanément.

Enfin, Arnelles était atteint. Au bras de M. de Ghiliac, Valderez gagna son appartement, où l'attendait sa femme de chambre.

— Une boisson très chaude, vivement, je vous prie! ordonna Elie. Et vous, Valderez, mettez-vous bien vite au lit. Vous devez avoir un peu de fièvre, vos mains brûlent et vos yeux sont brillants. Je vais faire venir le docteur Vangue…

— Plaisantez-vous, Elie? Pour une migraine! Une nuit de repos et il n'y paraîtra plus.

Elle essayait de sourire, mais la souffrance était si vive que ce fut un pauvre petit sourire douloureux.

— Eh bien! dépêchez-vous de vous mettre à votre aise, de vous faire décoiffer, car cette merveilleuse chevelure doit être lourde sur ce pauvre front fatigué.

Il tenait ses mains entre les siennes, elle sentait sur elle la caresse ardente de ce regard. Et elle pensa tout à coup qu'il serait bon d'appuyer ce front douloureux contre son épaule, et de lui dire tout ce qui la tourmentait… et d'entendre aussi ce qu'il avait à lui dire.

Non! pas ce soir, elle souffrait trop, ses idées s'égaraient un peu. Mais demain… il fallait que tout fût éclairci, elle avait l'intuition que, maintenant, Elie tiendrait à s'expliquer.

— Bonsoir, Elie! dit-elle faiblement.

Il se pencha, baisa longuement les deux petits mains qui frémissaient entre les siennes. Et quand il se redressa, leurs regards se rencontrèrent.

68

— A demain, dit-il doucement.

Elle répéta: "A demain", en dégageant lentement ses mains. Et son regard voilé par la souffrance s'éclaira une seconde à la flamme ardente des yeux d'Elie.

XIX

Valderez, assise près d'une des fenêtres du salon qui précédait sa chambre, songeait, les yeux fixés sur les frondaisons brunissantes des arbres du parc, qui, là-bas, se montraient à la limite des jardins.

Le malaise de cette nuit ne laissait d'autre trace qu'un peu de fatigue. M. de Ghiliac, en venant voir sa femme ce matin, avait tenu cependant à ce qu'elle restât déjeuner chez elle, afin de se reposer complètement. Et cet homme si froidement personnel, selon Mme de Ghiliac et Mme de Brayles, ce mari qui laissait là avec tant de désinvolture sa première femme malade était demeuré longuement près de Valderez, la distrayant par sa causerie, s'informant de tout ce qu'elle pouvait désirer et donnant lui-même ses instructions au chef afin que lui fût servi un repas à la fois léger et reconstituant.

Aucune allusion n'avait été faite à ce qui s'était passé dans le petit salon de la Voglerie. Valderez était certaine cependant que son mari avait deviné quelque chose, et qu'il lui demanderait des explications à ce sujet. C'était son droit, c'était son devoir, et elle était prête à les lui donner.

Les paroles perfides de Mme de Brayles, après la première émotion passée, n'avaient laissé aucune impression en elle. Elie pouvait avoir de graves défauts, mais quant à être coupable de ce crime, jamais! Quelle créature odieuse était donc cette jeune femme, qui osait lui parler ainsi de son mari, insinuer de misérables calomnies?

Mais Valderez se demandait, depuis quelque temps, si une autre n'avait pas usé, à son égard, d'une perfidie analogue, en lui dévoilant à l'avance et en exagérant les défauts d'Elie, et ses torts envers sa première femme.

Maintenant, elle l'attendait. Il lui avait dit qu'il reviendrait après le déjeuner, aussitôt que ses devoirs de maître de maison le laisseraient libre. Et un émoi, à la fois craintif et très doux, faisait palpiter un peu le coeur de Valderez, à la pensée de cette entrevue.

Voici qu'il entrait, qu'il s'avançait vivement, en homme qui a trouvé le temps long.

— Ce pauvre bavard de lord Germhann m'a retenu indéfiniment au fumoir! J'avais cependant une telle hâte de venir voir comment vous vous trouviez!

— Mais je suis très bien, je vous assure! J'aurais vraiment pu descendre pour le déjeuner.

Il s'asseyait près d'elle, sur le petit canapé où elle se trouvait, et lui prit la main en la couvrant de ce regard si profond et si doux qu'il avait pour elle depuis quelque temps.

— Non, il valait mieux vous reposer complètement. Cette existence, à laquelle vous n'êtes pas habituée, vous fatigue, et je tiens essentiellement à ce que vous vous soigniez. Le monde ne vaut pas la peine que vous perdiez votre santé pour lui. Maintenant, je vais vous dire quelque chose qui vous fera plaisir. Ce matin, j'ai eu une longue conversation avec votre père. Je l'ai sermonné, il m'a promis de ne plus toucher à une carte. Cette promesse, je saurai la lui rappeler en temps et lieu. Et j'ai obtenu également, sans grandes difficultés, qu'il laisse Roland suivre sa vocation.

— Vous avez réussi! Oh! qu'il va être heureux, mon cher petit Roland! Comment puis-je vous remercier, Elie?

— Je vais vous le dire, Valderez, dit-il avec une grave douceur. Cette nuit, quand je suis entré dans la pièce où vous vous teniez avec ma mère et Mme de Brayles, j'ai compris aussitôt, en voyant votre physionomie, que l'on venait de vous dire quelque chose de grave… contre moi, probablement. Or, ce que je vous demande, c'est de me témoigner une entière confiance, en m'apprenant de quoi on m'accuse; car j'ai le droit de me défendre.

— Vous avez raison, et moi aussi, je dois vous le dire. Mme de Brayles venait de me rapporter des bruits odieux qui ont couru… au sujet de la mort de votre première femme, acheva-t-elle en baissant instinctivement la voix.

— Et qu'en avez-vous pensé?

Il se penchait un peu, en plongeant son regard ferme et droit, un peu anxieux cependant, dans les grands yeux bruns très émus.

— Oh! je ne l'ai pas cru un instant! Jamais, Elie! Cela, jamais!

La protestation vibrante s'exprimait dans sa voix, dans son regard, dans le frémissement de toute sa personne.

La physionomie d'Elie s'éclaira d'un rayonnement soudain. Il se pencha un peu plus encore et ses lèvres touchèrent le front auréolé d'or foncé.

— Merci, ma bien-aimée! dit-il avec ferveur. Je supporterais tout, sauf de vous voir penser un seul instant que je ne suis pas un honnête homme. Mais dites-moi un mot… un mot seulement! Valderez, pouvez-vous me dire: "Je vous aime"?

Devant l'immense tendresse du regard qui l'implorait, les dernières brumes du doute s'évanouirent. La tête charmante s'inclina sur l'épaule de M. de Ghiliac et Valderez murmura: "Je vous aime, mon Elie."

Ils demeurèrent longtemps ainsi, dans l'enivrement de leur bonheur. Les grandes joies sont profondes et silencieuses. Et les baisers d'Elie avaient plus d'éloquence que des paroles, en ces premiers instants où ils sentaient enfin leurs coeurs battre à l'unisson.

— Voici seulement quelques jours que vous me laissez lire un peu dans ces chers yeux-là, murmura enfin Elie. Avant, j'ignorais si j'avais enfin le bonheur d'avoir conquis votre affection.

— Vous l'avez depuis longtemps… depuis le commencement, je crois. Mais… Oh! dites-moi, Elie, pourquoi avez-vous eu cette attitude, pourquoi m'avez-vous parlé ainsi le jour de notre mariage? Je sais que j'ai eu tort ce jour-là, que vous pouviez être froissé. Mais si vous aviez songé à ma jeunesse, à mon inexpérience…

— Oui, je suis le coupable, le seul coupable, ma pauvre chérie! Mon orgueil s'est cabré à ce moment-là, il a étouffé le cri de l'amour, — car déjà je vous aimais, Valderez, et je devais vous le dire ce jour-là. Ensuite, c'est l'orgueil toujours qui m'a dicté mon odieuse conduite à votre égard, dans les premier mois de notre mariage. Non, ne protestez pas! C'était vraiment odieux de vous délaisser, si jeune, et de vous faire souffrir, simplement parce que mon amour-propre masculin ne voulait pas se plier à demander une explication et à vous faire connaître que vous étiez aimée. J'ai compris enfin mes torts, et je suis revenu près de vous, résolu à conquérir votre affection, en vous montrant que je puis être, que je suis réellement un peu plus sérieux que ne le font penser les apparences… et que j'ai un coeur — ce dont vous doutiez peut-être aussi, Valderez?

— J'en ai douté longtemps, Elie, je vous le dis franchement.

— Je vous en ai donné le droit. Mais me trompé-je en pensant qu'il y a eu autre chose?… que vous aviez été prévenue contre moi?

Elle rougit, mais ne détourna pas son regard de celui d'Elie.

— Oui, on vous a représenté à moi sous des couleurs très noires, sous l'aspect du pire égoïste, incapable du moindre attachement et n'en désirant pas de ma part, du dilettante tout disposé à ne voir en moi qu'un intéressant sujet d'étude psychologique…

Les bras d'Elie enserrèrent plus étroitement la jeune femme, et elle vit ses yeux étinceler d'irritation intense.

— On a osé vous dire cela! Ma pauvre petite aimée! Ah! je comprends, maintenant, la crainte, la défiance que je vous inspirais! Mais quel est le misérable auteur de cette perfidie?…

Valderez rougit plus fort encore en murmurant:

— Je vous en prie, Elie, ne me demandez pas cela! Je ne puis vous le dire.

Les yeux d'Elie étincelèrent de nouveau; il dit à mi-voix:

— Non, je ne demande rien… je sais, maintenant.

Elle comprit, à son accent, à l'expression de sa physionomie, qu'il avait en effet tout deviné et que l'irritation grondait en lui. D'un ton de prière, elle demanda:

— Vous ne direz rien, Elie? Il faut oublier et pardonner. Je le fais bien volontiers, je vous assure, car je suis si heureuse maintenant!

Il baisa les cheveux aux reflets d'or en murmurant:

— Je ne suis pas si bon que vous, ma Valderez! Oublier et pardonner cela! Non, non!

— Vous le devez, Elie!

— Peut-être, à la longue… N'exigez pas trop pour le moment d'un imparfait comme moi, ma chérie, ajouta-t-il en souriant doucement aux grands yeux pleins de reproche. Je vous promets de ne rien dire, c'est tout ce que je puis faire; et encore est-ce parce que, malgré tout, je dois conserver le respect filial. Quant à Roberte, c'est autre chose…

— Laissez-la aussi, Elie!

— C'est impossible. Quand on trouve un serpent venimeux sur sa route, il faut l'écraser. Ne vous occupez donc pas de cela, Valderez. Dites-moi plutôt si, maintenant, toute méfiance a bien disparu, si vous croyez en moi, sans réserve?

— Vous avez toute ma confiance, mon cher Elie, car vous m'avez permis d'apprécier depuis quelque temps toute la bonté, toute la droiture de votre coeur… et parce que je sens, je suis sûre que vous m'aimez réellement. J'ai tant souffert de douter de vous! Mais vous étiez un mystère bien angoissant pour une pauvre petite ignorante comme moi…

Il l'interrompit avec un rire ému:

— Je le suis pour tous, même pour mes parents et mes intimes. Mais vous, mon premier et unique amour, vous, dont je souhaite faire ma bien-aimée confidente, je veux que vous me connaissiez, avec tous mes défauts et mes qualités, — car, enfin, j'espère en avoir quelques-unes, malgré tout le mal que l'on dit de moi!

Et il parla de lui, simplement, loyalement. Il montra l'enfant au coeur ardent et à la grâce charmeuse, petit souverain adoré de tous, l'adolescent adulé et déjà sceptique, car il voyait trop bien toutes les faiblesses humaines et les raillait sans pitié. Cette tendance n'avait fait qu'augmenter en lui, lorsque, jeune homme, il était devenu l'idole du monde de la haute élégance, qui oubliait l'impitoyable ironiste devant le séduisant grand seigneur et l'écrivain au style enivrant.

L'éducation religieuse, très superficielle, reçue dans son enfance avait été vite oubliée. Cependant, une empreinte en était restée dans cette âme aux instincts très nobles et très chevaleresques, et c'était à elle, plus encore qu'à son orgueil d'homme fier de sa force morale qu'Elie devait d'avoir échappé aux faiblesses et aux fautes où s'enlisaient tant d'autres. Mais, dans l'exagération de son scepticisme, il en était arrivé à s'endurcir le coeur, et à accorder au cerveau une place prépondérante. L'orgueil s'était exalté chez lui, entretenu par les adulations dont il était l'objet, par la conscience de sa supériorité morale et intellectuelle. Et, par une contradiction qu'il n'avait jamais cherché à expliquer, cet homme qui raillait et méprisait le monde, vivait continuellement dans son ambiance, et se laissait complaisamment encenser, un sourire de sarcasme aux lèvres, par des thuriféraires idolâtres.

Les contrastes avaient toujours été déconcertants chez lui. C'est qu'aucune sérieuse éducation morale ne lui avait jamais été donnée et qu'il avait poussé au gré d'une nature très riche, sans autre loi que son caprice. Son père était mort jeune, sa mère n'avait vu d'abord en lui que l'enfant délicieux qui flattait sa vanité, et, plus tard, elle avait admiré aveuglément l'adolescent dont la volonté impérieuse et la hautaine intelligence la subjuguaient. Lui, tout enfant, l'avait devinée frivole et uniquement occupée d'elle-même; il s'était toujours souvenu d'un soir où sa soeur Eléonore, en proie à une fièvre ardente, retenait de ses petites mains brûlantes la robe de soie précieuse que portait la marquise, venue pour jeter un coup d'oeil, avant de partir en soirée, sur l'enfant que sa gouvernante lui avait dit très malade. Mme de Ghiliac avait écarté brusquement les doigts d'Eléonore en s'écriant: "Cette petite est insupportable! Surveillez donc un peu ses gestes, fraulein! Et si vous croyez le médecin nécessaire, faites-le venir. Mais vous vous effrayez bien à tort, certainement."

Non, jamais Elie n'avait oublié cette scène, qui avait frappé son esprit d'enfant trop observateur. Et bien qu'il eût bénéficié, à lui seul, de toute la somme d'amour maternel que pouvait contenir le coeur de Mme de Ghiliac, il avait été incapable d'accorder jamais autre chose qu'une froide déférence à la mère qui n'avait pas conscience de ses devoirs.

— Maintenant, je dois vous parler de mon premier mariage, ma chère Valderez, ajouta-t-il. Car je me doute que sur ce point encore j'ai été quelque peu malmené. Il fut ce que sont tant d'autres, dans notre monde en particulier: une union de convenance, — de ma part du moins. J'avais vingt-deux ans, Fernande dix-sept. Nos quartiers de noblesse s'égalaient; elle était femme du monde, savait s'habiller et recevoir. Je la connaissais depuis l'enfance, je la savais frivole, d'intelligence moyenne, mais douce et se laissant facilement conduire. L'amour étant jugé par moi, à cette époque, comme un encombrement inutile dans l'existence, — je n'ai changé d'avis qu'en vous connaissant, — ce mariage de raison me parut suffisant; Fernande de Mothécourt devint marquise de Ghiliac. Mais, chose étrange, la jeune femme se révéla à moi plus enfant, plus futile que ne l'avait été la jeune fille. Et je connus toute la gamme des exigences déraisonnables, des crises de nerfs, des exubérances sentimentales. Ce n'est pas que je veuille nier mes torts! J'en ai eu, j'ai manqué de patience, d'indulgence envers une pauvre créature exaltée, qui m'aimait réellement. Mais ces scènes continuelles m'exaspéraient et me conduisaient peu à peu à l'antipathie à son égard. Ce mariage fut une erreur de notre part à tous deux. Elle l'a expiée plus durement que moi, la pauvre enfant, parce qu'elle aimait. Mais, à son lit de mort, elle a compris qu'elle avait elle-même compromis et finalement perdu son existence, car, dans le délire de la fin, elle a répété plusieurs fois: "Je me suis trompée! Elie, je me suis trompée!"

Ils demeurèrent un moment silencieux. Entre eux passait l'ombre de la jeune femme à la cervelle d'oiselet, mais au coeur passionné, qui était morte sans comprendre — sauf peut-être à ses derniers moments — ce qu'il eût fallu pour conquérir le coeur d'Elie de Ghiliac.

— Pardonnez-moi, Valderez, d'avoir abordé ce sujet, dont il n'aurait pas dû être question entre nous, dit doucement Elie. Mais je devais remettre les choses au point, dans le cas où on les aurait faussées pour vous. J'ai eu des torts, elle aussi. Dieu seul sera juge des responsabilités. Maintenant, parlons de vous, ma Valderez. Savez-vous qu'une certaine jeune Comtoise de ma connaissance fit une profonde impression sur moi, dès le premier jour où je la vis, aux Hauts-Sapins?

— Oh! Elie, vous étiez si froid pourtant!… Et même après, pendant nos fiançailles…

— Ma pauvre chérie, pardon! Mon stupide orgueil se révoltait à l'idée de l'influence que — je le sentais instinctivement — vous exerceriez sur moi dès que j'aurais laissé parler mon coeur. Car vous, Valderez, vous êtes une intelligence, vous êtes une âme, et quelle âme! Votre beauté n'aurait pas suffi à me vaincre tout entier, si elle n'avait été si merveilleusement complétée… Allons, ne rougissez pas, chéri! Il faut permettre à votre mari de vous dire la vérité. Et il faudra aussi lui apprendre à vous imiter quelque peu, à devenir meilleur, chère petite fée.

— Ce sera si facile, avec un coeur comme le vôtre! Vous allez me rendre trop heureuse, mon cher mari!

— Il ne sera pas trop tôt! Les soucis et le chagrin ne vous ont pas manqué, chez vous d'abord, ici ensuite. Heureuse, je veux que vous le soyez, autant qu'il dépendra de moi. Et tout d'abord, c'est vous qui organiserez notre existence, à votre gré.

— Vous permettez qu'elle ne soit pas si mondaine? dit joyeusement Valderez.

— Elle sera ce que vous voudrez, je le répète. Il me suffit de vous avoir à mon foyer, le reste m'importe peu. Vous n'êtes pas faite pour la vie mondaine, Valderez. Je vous ai mise à l'épreuve, pour savoir si le trésor que je possédais était réellement d'or pur. Et je vous ai vue rester la même devant les tentations du luxe, de la coquetterie, de la vanité que pouvait vous inspirer votre position. Je vous ai vue demeurer indifférente devant l'attrait du plaisir, des mondanités qui occupent les autres femmes, et ne vous soucier en rien de l'admiration dont vous êtes partout l'objet. Valderez, comme il faudra que vous soyez patiente pour arriver à me rendre digne de vous!

Ils causèrent ainsi longuement, coeur à coeur, jusqu'à l'heure du thé. Alors Valderez se leva, pour aller s'habiller afin de descendre rejoindre ses hôtes.

— Quelle robe voulez-vous que je mette, mon cher seigneur et maître? demanda-t-elle avec un sourire de tendre malice.

Il se pencha vers elle, et ses lèvres effleurèrent les cils brun doré.

— Mettez du blanc, ma reine chérie. Rien ne vous va mieux. Candidior candidis. Cette devise de la pieuse reine Claude et de ma sage aïeule sera aussi la vôtre, mon beau cygne.

XX

Depuis une heure, Mme de Brayles s'acharnait à faire et à refaire ses comptes. Mais de quelque façon qu'elle les retournât, elle se heurtait toujours à la terrible réalité: des dettes accumulées, la Reynie hypothéquée, et là, sur son bureau, une pile de lettres de créanciers menaçants réclamant leur dû.

Ce qui lui était resté après la mort de son mari aurait suffi à une femme de goûts simples et sérieux. Mais elle avait voulu continuer sa vie mondaine, suivre le train de ses connaissances plus riches, porter les toilettes du grand faiseur. Il lui fallut bien vite avoir recours aux emprunts. Elle devait ainsi d'assez fortes sommes à plusieurs de ses amies, à Éléonore en particulier. Ces temps derniers, elle s'était adressée à Mme de Ghiliac, qui paraissait mieux disposée à son égard. Mais tous ces expédients étaient usés maintenant, Roberte se trouvait acculée à la ruine honteuse. Et après, ce serait la misère, l'abandon de toutes les brillantes connaissances.

Elle s'était renversée sur son fauteuil, dans une attitude d'abattement complet. Tout s'effondrait pour elle. Car, depuis la mort du baron de Brayles, elle n'avait vécu que dans l'espoir de toucher un jour le coeur d'Elie. Le second mariage du marquis l'avait atterrée, en lui faisant paraître désormais l'existence sans but. Et là-dessus la vue à peu près quotidienne de Valderez, la certitude de l'amour profond d'Elie pour sa femme étaient venues exciter sa jalousie, jusqu'à la transformer peu à peu en haine, en désir ardent de nuire à cette jeune femme, et de la faire souffrir.

C'était le motif de perfides insinuations telles que celles de la veille, c'était le but poursuivi dans ses essais de coquetterie provocante à l'égard de M. de Ghiliac, — coquetterie qu'elle savait de longue date sans effet sur lui, mais qui pouvait inquiéter Valderez, et lui porter ombrage.

Elle comprenait cependant que tous ses efforts demeuraient infructueux, par le fait qu'Elie la devinait trop bien et ne cessait d'exercer une vigilance constante autour de sa femme. Et cette constatation l'exaspérait encore, tendait jusqu'au dernier point toutes les forces haineuses de son âme.

— Il faut que j'aille prendre l'air, que je marche un peu! murmura-t-elle tout à coup. J'ai le cerveau en feu, avec tous ces abominables comptes.

Elle sonna sa femme de chambre, demanda un vêtement et un chapeau, puis s'en alla, au hasard, dans la direction du bois de Vrinières.

Elle avait un instinctif désir de solitude, et, au lieu de prendre la route qui traversait le bois, s'engagea dans un sentier parallèle à cette route, que l'on apercevait à travers les arbres.

Elle allait d'un pas saccadé, l'esprit absorbé dans une vision, toujours la même, insensible au charme de cette matinée automnale, à la fraîcheur délicieuse de la brise, à la splendeur des feuillages ocrés et brunis qui s'agitaient doucement au-dessus de sa tête et bruissaient sous ses pas.

Tout à coup, elle s'arrêta, les yeux fixes. Sur la route s'avançait un couple, reconnaissable entre tous. Lui, inclinant un peu sa taille svelte, parlait à la jeune femme, qui s'appuyait à son bras avec le confiant abandon de l'épouse qui se sait aimée. La même expression d'amour tendre et profond se discernait sur leurs physionomies. Et celle de M. de Ghiliac en était tellement transformée que Roberte crut voir en lui un autre homme.

Elle ferma un instant les yeux en se retenant à un arbre. Une douleur atroce l'étreignait, la raidissait tout à coup.

Quand ses paupières se soulevèrent de nouveau, elle vit qu'ils s'étaient arrêtés au milieu de la route. Et la voix de Valderez s'éleva, très gaie…

— Que vois-je là! Elie, votre cravate est de travers! Mon pauvre ami, qu'est-il donc arrivé?

Il eut un joyeux éclat de rire.

— Simplement que j'ai envoyé promener Florentin, qui m'impatientait aujourd'hui, car je savais que vous m'attendiez et je ne voulais pas vous faire manquer l'heure de la messe. Or, il n'avait pas achevé de fixer ma cravate convenablement, et moi je n'y ai plus pensé.

— Attendez que je vous arrange cela. Vous allez perdre votre réputation d'élégance, mon cher mari!

— A moins que cela ne paraisse, au snobisme de mes contemporains, une aimable négligence voulue, qu'ils s'empresseront d'imiter. On leur ferait adopter ainsi les modes les plus saugrenues… C'est fait? Merci, ma chérie. Vous êtes d'une adresse qui ferait honte à Florentin lui-même, le modèle des valets de chambre cependant.

Il prit les mains de la jeune femme, les baisa longuement, puis tous deux s'en allèrent le long de la route semée de feuilles mortes, dans la lumière pâlie que répandait le soleil d'automne.

Et Roberte les regardait, en comprimant son coeur qui battait désordonnément. Ils s'en allaient dans tout l'enivrement de leur bonheur… Et elle n'était plus qu'une épave, de laquelle chacun se détournerait demain.

Comme il la regardait tout à l'heure, cette Valderez qui triomphait là où toutes avaient échoué! Qu'il devait être enivrant d'être aimée de lui!… aimée à ce point surtout!

Une fièvre de désespoir et de fureur l'agitait. Elle se mit à marcher à travers le bois, jusqu'à ce que, à bout de forces, elle reprit le chemin de la Reynie.

— M. le marquis de Ghiliac vient d'arriver et attend Madame la baronne dans le petit salon, dit la femme qui lui ouvrit.

Elle eut un sursaut de stupéfaction. Elie n'était jamais venu la voir en dehors de ses jours de réception. Il fallait qu'une raison grave l'amenât…

Et Roberte songea aussitôt:

— Sa femme lui aura raconté ce que je lui avais dit, et il vient me faire des reproches.

Un léger frisson d'effroi la secoua à la pensée d'affronter l'irritation trop légitime de cet homme qui avait la réputation d'être impitoyable.

Elle s'arrêta un long moment, la main sur le bouton de la porte. Enfin, elle ouvrit et s'avança lentement au milieu du salon.

M. de Ghiliac se tenait debout devant une fenêtre. Il se détourna et elle vit se poser sur elle ces yeux sombres et durs que redoutaient tant ceux qui avaient encouru son mécontentement.

— Je désire vous dire quelque chose, madame, déclara-t-il froidement.

Elle balbutia:

— Mais certainement… je suis à votre disposition. Asseyez-vous, Elie…

Il refusa du geste.

— C'est inutile. Quelques mots suffiront, d'autant plus que vous vous doutez déjà, naturellement, du motif qui m'amène?

— Mais non, pas du tout!

— Ne rusez pas avec moi, c'est peine perdue. Vous comprenez que je n'ai pas été sans rechercher la cause de l'émotion pénible de ma femme, trop visible, non moins que votre mine agitée et mauvaise, et l'air gêné de ma mère, lorsque je suis entré dans le petit salon de la Voglerie. Valderez m'a tout appris. Vous ne vous étonnerez donc pas que je vous prie, madame, de ne plus paraître chez moi.

Le visage empourpré de Roberte blêmit soudainement. Pendant quelques secondes, elle regarda Elie avec des yeux dilatés, comme une personne qui ne comprend pas.

— Vous… me fermez-vous votre porte? dit-elle enfin, d'une voix rauque.

— Vous faisiez depuis quelque temps tout ce qu'il fallait pour cela. Cette odieuse méchanceté n'a été que le couronnement de vos manoeuvres perfides. Ne vous en prenez qu'à vous de ce qui arrive.

Il fit un pas vers la porte. Mais elle s'avança et posa sa main sur son bras.

— Elie, ce n'est pas possible! Vous n'allez pas finir une amitié de tant d'années! J'ai eu tort, je le sais, j'ai été mauvaise… mais vous n'ignorez pas pourquoi?

Sa main tremblait et une supplication humble et passionnée s'exprimait dans son regard.

M. de Ghiliac s'écarta d'un mouvement hautain.

— Je n'ai pas à le savoir, madame. Je ne considère que le fait, qui aurait pu occasionner une souffrance à ma femme, si elle ne m'avait accordé sa confiance absolue. Elle vous pardonne, mais moi, non, et tous les rappels d'une amitié, qui fut d'ailleurs toujours de ma part assez banale, ne changeront rien à ma résolution.

Il sort après un bref salut… Et Roberte demeura au milieu du salon, anéantie, les joues en feu, croyant voir encore sur elle ce regard de mépris altier qui s'y était arrêté pendant quelques secondes.

M. de Ghiliac, en quittant la Reynie, avait pris un raccourci qui l'amena à une des petites portes du parc. Il gagna de là les jardins, dans l'intention d'aller visiter se serres. L'exécution qu'il venait de faire ne lui avait procuré que l'émotion désagréable éprouvée par tout gentilhomme lorsqu'il se voit dans l'obligation de donner une leçon un peu dure à une femme. Et encore était-elle atténuée par le profond ressentiment qu'il gardait contre Roberte pour avoir tenté de faire souffrir Valderez.

En arrivant près d'une des serres, il se croisa avec sa mère qui en sortait, quelques fleurs à la main. Le pli d'irritation qui barrait le front de la marquise s'effaça à la vue d'Elie.

— Vous n'avez donc pas fait de promenade à cheval, ce matin? dit-elle en lui tendant sa main à baiser.

— Non, j'ai fait le piéton, aujourd'hui. Le bois de Vrinières était délicieux, par cette fraîcheur. Vous venez de choisir vos fleurs?

— Oui… mais je désirais surtout un iris rose, et j'ai dû constater qu'il n'en restait plus un seul. Germain m'a dit que Valderez les avait tous fait cueillir ce matin pour l'église. Cela m'a fort étonnée, car vous ne permettez guère que l'on dévalise ainsi vos plantes rares.

Elle s'essayait à parler d'un ton calme, mais sa physionomie décelait malgré tout quelque chose du mécontentement qui l'agitait.

Il riposta tranquillement:

— Oui, il y a une fête à l'église, demain. Valderez est absolument maîtresse d'agir comme il lui plaît, en cela comme en autre chose, et elle sait beaucoup mieux que moi la meilleure manière d'employer ces fleurs. Si vous tenez à ces iris, ma mère, vous n'avez qu'à les lui demander; elle n'a pas dû les faire porter encore au presbytère.

— Non, merci! je m'en passerai, dit-elle sèchement.

Elle se dirigea vers une allée conduisant au château, et M. de Ghiliac, au lieu d'entrer dans la serre, se mit à marcher près d'elle.

— J'ai une petite communication à vous faire, ma mère, dit-il d'un ton froid. Vous avez été témoin des misérables insinuations de Mme de Brayles à ma femme avant-hier. Vous ne vous étonnerez donc pas que je l'aie priée de ne plus remettre les pieds chez moi.

Mme de Ghiliac eut un léger mouvement de stupéfaction.

— Vous avez fait cela, Elie!… pour Roberte que vous connaissez depuis si longtemps?

— Je l'aurais fait pour ma soeur elle-même, si elle s'était permis de chercher à me salir aux yeux de ma femme, dit-il durement. Et je tiens à ce qu'on sache bien que toutes les manoeuvres tendant à nous détacher l'un de l'autre, complètement inutiles d'ailleurs, ne seront jamais tolérées par moi.

Les mains de Mme de Ghiliac frémirent, et une teinte pourpre monta à ses joues.

— En vérité, mon cher Elie, croyez-vous donc que l'on en veuille ainsi à l'union de votre ménage? dit-elle en essayant de prendre un ton mi-sérieux, mi plaisant. Je ne nie pas que Roberte, aveuglée par sa passion pour vous, n'ait été un peu loin, mais Valderez est assez intelligente et vous connaît suffisamment maintenant pour ne pas accorder créance à des racontars de ce genre.

— Oui, elle me connaît "maintenant". Mais il n'en était pas ainsi le jour de notre mariage.

Le regard éperdu de Mme de Ghiliac rencontra celui de son fils. Et elle comprit qu'il savait tout.

— Que voulez-vous dire? murmura-t-elle presque machinalement.

— Vous ne l'ignorez pas, ma mère, et il est préférable, à cause du respect que je vous dois, de ne pas nous étendre sur ce sujet. Je tiens seulement à ce que vous sachiez que Valderez ne m'a pas révélé la personnalité de celle qui lui a si bien présenté d'avance son mari, et que c'est moi qui l'ai devinée aussitôt, car j'avais déjà l'intuition de vos sentiments à l'égard de ma femme. Si l'exemple de celle-ci me rend un jour moins imparfait, j'essayerai d'oublier. Jusque-là, je me souviendrai toujours que ma mère a tout tenté pour me séparer d'une jeune femme, coupable seulement d'être trop belle, trop délicieusement bonne, trop apte à faire de moi un homme heureux et un homme utile.

— Elie! balbutia-t-elle d'une voix étouffée.

— C'est fini, ma mère! dit-il du même ton glacé. Je ne dois pas en dire davantage. Vous serez toujours chez vous ici, pourvu que vous compreniez que toutes les intrigues autour de Valderez doivent cesser complètement.

Il s'inclina et revint sur ses pas, se dirigeant de nouveau vers les serres.

Mme de Ghiliac se remit en marche, machinalement. Les paroles de son fils bourdonnaient toujours à ses oreilles. Sous les apparences correctes d'Elie, elle avait senti quelque chose qui ressemblait fort à du mépris. Et une souffrance soudaine l'accablait, — souffrance faite d'humiliation, de sourde fureur contre Valderez, de douleur aiguë à la pensée qu'elle s'était à jamais fermé le coeur de son fils.

Déjà, depuis quelque temps, elle avait remarqué sa froideur plus accentuée. Et hier soir surtout… Elle avait eu l'intuition qu'il s'était passé quelque chose, dès qu'elle les avait vus entrer tout deux, à l'heure du thé, si gais et si radieux. Le duc de Versanges lui avait même fait observer en souriant: "Je crois que plus ils vont, plus ils sont en lune de miel, des deux jeunes gens-là!"

C'était exact. Tout ce qu'elle avait tenté, dans sa crainte jalouse, aboutissait finalement au triomphe de cette Valderez haïe. Et quel triomphe complet, absolu!

Elle s'écarta tout à coup d'un mouvement brusque et prit une allée transversale. Là-bas, elle venait d'apercevoir Valderez qui arrivait, tenant par la main Guillemette et causant gaiement avec son frère Roland, tandis que derrière eux trottinait Benaki. Mme de Ghiliac se sentait en ce moment incapable de se trouver en face d'elle, de rencontrer le regard rayonnant de ces yeux incomparables qui avaient si complètement ensorcelé Elie. Et elle s'éloigna, l'âme ulcérée, tandis que parvenaient à ses oreilles un joyeux éclat de rire de la jeune femme et cette phrase apportée par le vent:

— Je le demanderai tout à l'heure à ton papa, Guillemette, je te le promets.

Ah! oui, elle pouvait lui demander tout, tout! Cette fois, Elie de Ghiliac avait trouvé plus fort que lui, en cette jeune femme devant laquelle capitulait son orgueil, et s'inclinait sa volonté impérieuse.

* * *

Vers l'approche de Noël, Elie et sa femme, après un court séjour à Paris, gagnèrent le Jura avec Guillemette. Les Hauts-Sapins, qui avaient vu partir Valderez brisée par l'angoisse, la revirent épouse heureuse entre toutes. La vieille Chrétienne faillit tomber de son haut devant ce résultat inattendu d'une union entourée des plus néfastes présages. Cet époux modèle, ce beau-frère affectueux et charmant, était-il bien le même homme que le fiancé si froid qui avait enlevé Valderez de Noclare aux Hauts-Sapins?

— Et pourtant, la neige est tombée le jour de leur mariage! murmurait la vieille servante en les regardant s'en aller pour quelque promenade, tendrement appuyés l'un sur l'autre.

Chrétienne ne devait pas être la seule à s'étonner. Peu à peu, sous la douce influence de cette compagne à l'âme charmante, si élevée et si profondément chrétienne, Elie devenait un autre homme. La haute société mondaine le vit, avec stupéfaction, s'occuper d'oeuvres sociales et religieuses. Cette intelligence supérieure, ce charme irrésistible, qui avaient fait du marquis de Ghiliac l'idole du monde, lui servaient à conquérir les déshérités de l'existence, vite séduits par la grave bonté et la générosité délicate de ce grand seigneur toujours affable et simple à leur égard. Discrètement, et sans se lasser devant l'insuccès et l'ingratitude, Valderez et lui multipliaient les bienfaits, unis dans la charité comme ils l'étaient pour toute chose. Ils offraient l'image du ménage modèle, et la belle marquise de Ghiliac, qui se prêtait avec bonne grâce, mais sans enthousiasme, aux obligations mondaines nécessitées par son rang, était donnée en exemple aux jeunes personnes par les mères de famille sérieuses.

— Bah! tout cela ne durera pas! disaient certaines gens, qu'irritait ce tranquille bonheur basé sur la paix du foyer, sur le devoir et sur l'amour chrétien. Les fleurs se fanent, les roses s'effeuillent…

Le duc de Versanges, qui entendit le propos, le rapporta à son neveu, un après-midi où il se trouvait à l'hôtel de Ghiliac. Dans le joli salon clair et simple où elle se tenait habituellement, Valderez venait d'endormir le tout petit Gabriel, dont la naissance avait porté à son comble le bonheur d'Elie. Assis près de sa femme, la main posée sur la chevelure de Guillemette blottie contre lui, M. de Ghiliac contemplait son fils.

Aux paroles du vieux duc, il leva les yeux vers Valderez; les deux époux échangèrent un sourire de tendre confiance, un long regard d'amour. Puis, se tournant vers son oncle, M. de Ghiliac dit gaiement:

— Laissez-mi, mon cher oncle, vous répondre par cette seule pensée de Mme Swetchine: "Les roses humaines blanchissent, elles ne se fanent pas."

FIN

PARIS. — TYP. PLON, 8, RUE GARANCIERE.

Made in United States
North Haven, CT
06 June 2025

69561494R00046